夢をみてるみたいに

崎谷はるひ

幻冬舎ルチル文庫

CONTENTS ✦目次✦

✦カバーデザイン＝齋藤陽子（CoCo.Design）
✦ブックデザイン＝まるか工房

イラスト・せら✦

夢をみてるみたいに

覚えているのは、さわやかそうな短い黒髪のシルエット。涙にぼやけた視界にも鮮やかだったグリーンのネクタイと、ダークグレーのジャケット。

「きっと、大丈夫だから」

やさしく低い、甘やかすような声音《こわね》と、頬に添えられたハンカチから覗《のぞ》く長くきれいな指先。

顔さえもはっきりとしないその人に、未来美紀《みきよしのり》は、恋をしたのだ。

＊　＊　＊

株式会社ミリオンは、マニッシュでありながら上品なテイストを残した女性向けブランド『Das《ダ》 Lieb《リーブ》』をその代表とし、デザイナーの万世博徳《ばんせひろのり》を中心に、男性向けの『／M《フォーメン》』など、幅広い活動を精力的に行っている大手総合アパレルメーカーだ。

無論取り扱う商材のメインは万世のデザイナーズブランドではあるが、ターゲットの年齢層を若くした『LUV《ラブ》／X《エックス》』には新人の才能あるデザイナーをどんどん登用《とうよう》していくなど、柔軟《じゅうなん》性のある経営方針から、不況の最中にも業績は決して衰えない。

アパレル業界を目指す若者には、どうにかしてミリオンで仕事をしたいという憧れに似た野望を持つものも少なくない。

毎年の入社希望者は引きも切らず、またことにデザイン部門は狭き門で有名だ。新卒だけでなく、近頃その存在を世間に認知されてきたインディーズブランドのデザイナーたちも、あわよくばと自分の作品を売り込みに、こぞって集まってくるのが現状だ。

だから本来、入試なしで入れる専門学校を出たばかりで、ろくな実績もなく、デザインに関してもさして煌《きら》めくものも持たないようなタイプは、端《はな》から相手にされない——はずなのだが。

「みきみき、お茶ちょーだいなー」

ポリシーらしいモード系のボブヘアに、グリーンフレームの眼鏡《めがね》も印象的なミリオン本社企画部主任であり、パブリシティグッズデザイン担当の真砂美和《まさごみわ》女史が呼びつけたのは、まさにその「なんにもできない」未来のあだ名だ。

「はい、今淹《い》れますね」

微笑《ほほえ》みしゃっきり立ちあがった未来美紀はその名前の字面《じづら》から、「未来ちゃん」「みきみき」などと、ずいぶんと可愛らしい名称で呼ばれている。

これで未来がいかめしい顔つきの大男でもあれば、むしろミスマッチで笑えただろうその名も、お姉さまがたに受けのいい正統派美少年顔では微妙に洒落《しゃれ》にならない。

形のいい頭のラインを強調するように襟足《えりあし》を削《そ》ぎ、センターからきれいに揃《そろ》えたさらさらの髪がこぼれる卵形の顔の輪郭《りんかく》は、フードパーカーから覗く清潔そうな細い首筋に乗せられている。

色は白く、繊細な鼻筋に小さな唇、長い睫毛《まつげ》に縁取られたくっきりとした二重《ふたえ》の瞳を見開くと、虹彩《こうさい》の色がわずかに茶色がかっているのが印象的だ。

「皆さんもですよね？　温かいのだけでいいですか？」

「いつものでいいよー、よろしく」

このように可愛らしいのは名前ばかりでなく、成人してからもままに性別を間違われる未来の、唯一男性である証拠といえる声音はさすがに低い。だが、それも耳に心地よいようなやわらかい甘さを持っている。

「じゃ、いってきます」

お願いねー、と部屋のあちこちから返事があるけれども、それらは高く甘いものばかりだった。

主任である真砂を筆頭に、総勢七名のこの部署は、未来以外は全て女性で、しかも全員年上だ。男女雇用機会均等法もかまびすしい昨今、性別問わず下っ端の仕事は定番のお茶くみと相場が決まっている。

元はデザイン部のチーフである真砂は、今はそちらの監修をしつつ企画部を仕切っている。

真砂の権力下にあるこの部署では、彼女自身の能力と実績により、ある程度のスタンドプレイや特例が許されていた。

数年前、外注の広告代理店と営業部が衝突《しょうとつ》した末に、この企画部が自発的に動かざるを得なくなった際、転職前のエディトリアルデザイナーの経歴を買われ、社長直々にチーフを命ぜられたのが真砂だった。

それ以前には外注先と本社の連絡係程度の仕事しかなかったこの部署において、自社発でプレゼンからなにからまかなえるようになったのは、ひとえに真砂の力量に他ならない。

ミリオンのメインブランドの『Ｄａｓ　Ｌｉｅｂ』はフェミニンでスタンダードなデザインを誇っているが、きつめの美人な真砂は「作れる服と似合う服は違う、営業するわけでもないから私は好きな服を着る」と公言してはばからず、他社ブランドであれ気にもせず、派手目の服を身につけることが多い。この日の彼女は歌舞伎柄のシャツにエスニックな巻きスカートと、実力者でなければ自社をバカにしているのかといった服装だ。

そんなわけで自ずから、服装や髪型に緩い部署になったため、さすがにジーンズ着用とはいかないが、チノパンツにパーカーなどのラフなものでもなんとなく許されている。

この習慣は若づくりというより童顔でスーツの似合わない未来にはありがたいが、おかげであまり社会人には見えない難点もある。立派な正社員なのに、バイト学生と間違われることもしばしばだ。

夢のまた夢と思われた超難関のミリオン入社試験をくぐり抜け、幸運にもこの企画部に未来が腰を落ち着けて二年。業務内容は殆ど先輩のアシスタントという名のコピー取りにお茶くみでも、憧れの会社に就職できた幸運を未来は嚙みしめていた。

華奢《きゃしゃ》で小柄だがバランスのいいスタイルと、小動物系のルックスの他には、元気と体力と愛想と、生真面目さだけが取得の自分を知っているから、たとえお茶くみでも不平は言わない。むしろ、よくこんな自分を雇ってくれていると感謝しているほどなのだ。

「未来くんもお茶淹れ？」

「お菓子あるよ、持っていけば？」

「ありがとうございます、戴きます」

パーテーションで仕切られたフロアを横切り、階下にある給湯室に行けば折しもお茶タイム。あちこちの部署から集まった女性陣にからかわれつつも各人好みのお茶を淹れて、速《すみ》やかに戻る。

もたついていてとっつかまれば厄介な女の噂話に巻き込まれてしまうので、話の切りあげもこれはこれで技がいるのだとこの二年で未来は知った。

「お茶菓子、総務の麻野《あさの》さんからもらいました」

真砂にはブラックのコーヒー、隣の席の七浜雛子《ななはまひなこ》にはミルク入りの紅茶と給湯室で戴いたお菓子をトレイに載せて差し出すや、そのパッケージに女性陣は色めき立った。

「あら、これ『松蔵《まつぞう》ポテト』のワッフルじゃない！」

喜色《きしょく》を浮かべたのはこれも企画部の先輩である蔵名知香《くらなちか》だ。

「やーん、紫イモあたしキープね」

「未来ちゃんがお茶淹れると、おまけがあるからオイシイわよね」

いつもありがとさん、と真砂のショッキングブルーの爪に頬をつつかれて、くすぐったげに笑いを浮かべた表情はおよそ、二十二歳成人男子のものとは思えない愛らしいものだった。

いずれの会社でもそうであろうが、部署の違う女性社員同士はあまり関係性がよろしくない。ことに、総務などの制服事務系と、デザインや企画の専門職、営業部のキャリアスーツ組はお互いへの反発心と職業差別意識から、いがみあっていると言ってもいい。

ある事情から、相当にリベラルな社風のミリオンにおいても、女同士のなわばり争いばかりはいかんともしがたい中、人好きのする未来の存在はその潤滑剤《じゅんかつざい》として立派な役目を果たしている。

ここで、その中のひとりと社内恋愛にでもなれば逆に火種にもなりそうなものだが、未来の場合においてはまったくその心配がなかった。

「で。今日は見れたの？」

「んー……いなかったです」

パンプキンクリームのたっぷりつまったワッフルを挟んだスクエアな爪の持ち主に、揶揄《やゆ》するように問われた未来は、バニラのきいたそれを一口齧《かじ》ってため息をついた。

「なにー？　みきみきまだ樋口《ひぐち》おっかけやってんのぉ？」

「グッチーなんかやめとけっつってんのに」

ワークデスクの椅子に腰掛けたお姉さまがたは、口々に呆れた声をあげ、真砂にまあまあと苦笑混じりに窘《たしな》められた。

「一途《いちず》なんだからねえ、いいじゃないのよ。まあ男の趣味は悪いけど」

「チーフまで……ひどいです」

真砂にずけっと指摘された通り、未来はゲイなのだ。しかも自分よりしっかりとした逞《たくま》しい男性が好きなタイプだ。

ぷ、と子供めいた仕草《しぐさ》で唇を尖《とが》らせた未来が、入社以来片思いしている樋口真樹彦《まきひこ》は、営業部一課主任の出世株だ。長身にさわやかなルックスと、甘い美声の持ち主で、目下ミリオン内部での男性社員人気では、一、二を争う青年だが、なぜか真砂たちのような「ある層」からの評判はあまりよろしいものではない。

「っつか、二年もただじいっと見てるだけなんて、今時女子中学生でもやんないわよ？」

純情も度を超すと気持ち悪いわよと、切って捨てたのはショートヘアの映える美人顔の蔵名だ。一七〇センチそこそこの未来より高い身長から覗き込まれ、迫力にじりじりと未来は後じさった。

「だって……樋口さんそういうヒトじゃないのはわかりますもん……言えるわけないじゃないですか」

「なあにを奥ゆかしいことを。入社面接でカミングアウトした、伝説の未来ちゃんが」

くけけ、と下品な笑みを浮かべた蔵名に、かあっと赤面した小さな顔を未来は歪《ゆが》ませた。

「もうその話はしないで下さいっ！」

穴があったら入りたい、と二年経っても一向に忘れられてもらえない、恥の記憶に未来は頭を抱え込んだ。

「だってさあ、万世センセがそりゃ、そっちのヒトだってのは有名だけどさあ。インタビューとかでも別に隠しちゃいないしさ」

そして、この会社で未来の性的指向を知るものが、その事実を踏まえた上で偏見なく彼と接している理由がこれだ。メインデザイナーであり副社長でもある万世が有名な同性愛者で、社員手帳には載らない社則のひとつに『人を性的指向で差別しないこと』という鉄則がある。

それらしき発言や態度などを社内において行った場合には減棒、下手すれば解雇というのはまんざら噂ばかりでもないと言う。

「でも、それで憧れてましたから入りたいですなんて、メンチ切った新人はじめてだもん」

ねーえ、と頷《うなず》きあう女性陣に、あうあうと口を開閉させた未来は、それが事実だけになにも言えなくなってしまった。

二年前、当たって砕けろで門を叩いたミリオンの面接試験の際、あがりまくっていた未来は、こともあろうに。

通常ならば「御社の将来性になんたら」と言うべき入社理由を、上擦る声も高らかにこうのたまってしまったのだ。

——万世センセイが、ゲイであることを隠さずにあられる生き方に感銘《かんめい》を受けたんですっ！

緊張と勢い余っての、しかしそれは本音だった。無論、万世のデザイナーとしての力量に啓蒙《けいもう》されていたのも事実ではあったが、最も強く憧れたのは、ある時女性誌で組まれた特集の、半生記にあった生き様そのものであったから。

成人した今でさえ美少年顔の未来は、幼い頃にははっきり言って美少女と見紛《みまが》うような可愛らしい少年だった。華奢で色が白く、線の細い印象の顔立ちは、ある程度の年齢を超えれば称賛の対象にもなるけれど、気の荒い関西の田舎にあってはは差別とイジメのターゲットに充分になりうる。

オンナオトコとからかわれ、喧嘩《けんか》には負け、やや内向的だった性格も手伝ってもっと陰湿ないやがらせをも受ける要因になったそれは、一部の変質的な大人には別の意味での欲をそそるものだったらしく、正直言えばあんまり他人に話したくないような悪戯《いたずら》をされかけたこともある。

いっそ女の子ならば諦《あきら》めもついたろうか、女の子ならば楽に生きられたかもしれない、そんな気持ちが高じたのか、それとも小さな頃から大人の男に触られまくった異様な体験のせいでややねじ曲がってしまったのか。要因を探せばきりはないが、ともかく思春期を越える頃の未来少年には、立派にゲイとしての自覚ができあがってしまっていた。

田舎町ではとてもそんなことを口に出して言えるわけもなく、ひょろひょろして内気な末っ子を両親も持て余していたようで、家族との関係もあまりしっくりいってはいなかった。

そんな時に、たまたま手に取った雑誌で、万世のことを知ったのだ。

ゲイというセクシャリティに悩みつつも、だからこそ人に押し潰される生き方はすまいと己の才覚を生かし、学生時代の友人、嘉島《かしま》を共同経営者に据え、いかにしてミリオンをここまで育てたかを誇らしげに語る美丈夫《びじょうぶ》を、未来は神様のように尊敬し、憧れた。

そうして、感化《かんか》されるまま美術系に進路を定め、進学を理由に東京に出たいと言ったときには強く止められもしなかった。

ただ、あまり裕福な家庭でもなかったから、美大を受験する余裕もなかった。専門学校の学費も奨学金制度になんとか助けられつつ、バイト生活を送っての二年間は、楽なものではなかった。

実際、ミリオンに入れるなどとは未来自身思ってもおらず、それでも、ただ指をくわえて諦めているよりはと、一世一代の冒険のつもりで受けた面接で、しかし気負うあまりの大失言だったのだ。面接官たちは面くらい、失笑し、または呆れて、後はおざなりに流されたたまま退室を促されたときのあの惨《みじ》めさと恥ずかしさを思い出せば、瞬時に涙目になってしまう。

「あ、未来ちゃん真っ赤」

恥の記憶を蒸し返され、黙り込み赤面した未来の頬を七浜がつつく。さらりとした髪を振るって未来がむずがればそれだけ、からかいは執拗《しつよう》になると知ってはいても、子供扱いを受け流せるほどこなれてもいないのだ。

「やめて下さいっ」

よしよしイイコ、と頭を撫でられるのにはやはり屈辱を感じて、きっ、とその色味の浅い瞳を吊《つ》りあげても見せるが、一回りも年上、しかもおのが才覚で仕事を伸《の》している自覚もたっぷりの女傑《じょけつ》たちには通じようはずもない。むしろ負けん気の強さも可愛いと、却って目を細められる有様だ。

「かっわいいんだからー。よぉしよし、お姉さん慰《なぐさ》めてあげるー」

「も、そうやっていつもからかうんだから！」

「からかってないわよ、愛情よう。親愛のハグ」

長身の蔵名に抱き込まれれば、スレンダーながら豊満な胸に顔が埋まってしまう。

「うわ、うわわっ」

じたばたともがきながら、やや自己主張の激しい香水の匂いとやわらかい感触に包まれて、セクハラですと涙目のひどくなる未来だ。同性が好きな自覚はあれど、特別女性が嫌いなわけではないから、あまりきわどい接触をされれば赤くもなってしまう。

「蔵名、ホントにセクハラだよ、よしなさい。未来が困ってるでしょ」

「あん、これが面白いのにぃ」

ほれやめな、と呆れ顔の真砂が助け船を出してくれても、蔵名の腕は緩まることもない。

力尽くで振りほどくのもできなくはないが、女性相手にそれもどうかと憚《はばか》られた。

第一そんなことをすれば倍返しになってやってくるだろう反撃が怖くて、小動物のようにもがくだけの未来に笑い声があがるが、それは愛情混じりのからかいでしかないので、怒るにも怒れない。

(可愛がってくれてるのはいいんだけどなぁ……)

実際のところいくら社則とはいえ、ここまではっきりと会社組織の中でゲイであることを公言した未来がナチュラルに受け入れられるのはやはり、双方の人徳とでも言うべきではあろう。

ファッション業界では往々《おうおう》にして女性の権力が強い傾向にある。そのため、アイドルめいた顔立ちにおっとりした性格と、年上の女性に非常に愛される要因を持った未来は、入社後すぐに彼女らにとって庇護《ひご》すべき存在に映ったようだった。

それにたとえからかい混じりとはいえ、こんなふうに親愛を込めて未来に触れてくれた人人はこの会社に入ってはじめて出会ったのだから、与えられるそれを拒むことなど思いもつかない。

生まれ育ったあの町にいた頃の未来は、異端者でしかなかった。思春期を迎えてからはなお差別はひどくなり、目に見える攻撃はなくともひとり、浮いていたのは知っていた。

未来のほっそりしたやさしい顔立ちは儚《はかな》げで、意図はなくとも少し濡れたような大きな瞳で相手を覗き込むと、大抵《たいてい》の男は焦ったように目を逸《そ》らし、狼狽《ろうばい》した自分にまた腹を立てるのか未来を遠ざけようとする。

また同年代の女性はといえば、容姿や大人しい態度が癇《かん》に障《さわ》るらしく、総じて冷たかった。そのたび、キモチワルイ、と罵《ののし》るような言葉をぶつけられて、切なかったけれど、その積年のコンプレックスを少し、救ってくれたのは真砂だった。

——そりゃあんた。後ろめたいからでしょうよ。

きっぱりと、姉御肌の女傑は言い切った。

今ではもう居直ったけれど、面接の折りの伝説は噂となって駆けめぐっていて、入社してしばらくの間は自分に向けられる視線の物見高さに未来は負けそうだった。仕事の面でも、まるっきり右も左もわからず失敗して、他人の邪魔ばかりしているような自分に嫌気が差していた。

(やっぱり……いない方がいいのかなあ……)

落ち込んでは悪循環を繰り返し、なかなか会社に馴染《なじ》めない未来を励ますように、真砂はよく飲みに誘ってくれた。酒豪の彼女にすすめられるまま杯を空けて、まるで誘導尋問にかかったように根深いコンプレックスを全部、吐き出させられたのだ。

一通り相槌《あいづち》を打った彼女は、けろりとした声で、そんなトラウマ捨ててしまえと言った。

——俺はホモじゃねえ、って思ってるのに、未来がいるとアイデンティティクライシス起こしそうになるんじゃないの。ほっときなさいそんなもの、自分の劣情に負けた方が悪い。

——れ、れつじょーって……。

——あんた相手にチンコ勃《た》ちそうになったんでしょう、おおかた。

——ちっ……ま、真砂さぁん。

いかにも才女、といった容貌の真砂の口から飛び出す過激な単語に目を回していれば、真砂はなおも続けた。

——未来とやりたいって思ったんならそりゃあ、素直な情動《じょうどう》でしょう。認めればいいのよ。そのまま行動に出るのはバカだけど、自分が勝手に欲情したのを他人のせいにするのはもっとバカね。

目から鱗《うろこ》が落ちた気分だった。乱暴な言葉ではあったが、はじめて「あんたは悪くない」と言葉にしてもらった気がした。

真砂の指摘通り、未来の存在はどうあっても庇護欲と、そしてある種の人間には劣情を覚えさせるようだった。

幼い頃、変態じみた手つきで身体《からだ》を撫で回した近所の男は、未来の股間の膨《ふく》らみだけに固《こ》執《しつ》していて、意味もわからないままひたすらいじられたことはあったけれども、怯《おび》えて泣けばすぐに解放されたから、大事には至らなかった。

あの行為の意味を後に知って、わからなくてむしろよかったのだと思えた。そしてそれは、誰にも言ってはいけないことだと同時に理解し、思い出せば今でも背中がそそけ立つような気分になる。

だからこそ、樋口になにも言えない。一方的な感情や欲望を同性にぶつけられて喜ぶ人間は、滅多《めった》にいないと知っている。

とにかく、ずっと黙っていればいいと思っていたけれど、同時にどこかで叫んでしまいたい自分もいたからあの日パニックのまま、カミングアウトなぞしてしまったのかもしれない。

――いいのかなあ？　ホモでも……。

打ち明けた昔話は決して軽いものではなく、それなのに「それがどうした」と言い切った真砂のあっけらかんとした表情には、なんだか未来は笑えてしまった。

――いいも悪いも、あたしゃ仕事ちゃんとやってくれればどっちでも？

可愛いのを逆手《さかて》に取るくらい逞しくなってしまえばこっちのもの、だからしっかりやんなさいなと笑った真砂の俠気《おとこぎ》に、報《むく》いたかった。

そうして、真砂と同等にさばけた性格の先輩や同僚たちのことも、尊敬しまた親愛の情をもって未来は接している。物見高い視線から、この二年、彼女らがさりげなくかばうようにして気を使ってくれたことも知っていたからだ。

また細かく言えば未来の性的指向は、たまたま本気で惚《ほ》れる相手が男性が多いだけの話で、かなりゲイよりのバイ、というべきなのだろうかとも言えた。

きれいな人には素直に感嘆するし、自分にはない甘い雰囲気には憧憬《しょうけい》を覚えることもある。

この会社において言えば、陰湿なイジメを受けることがなかったのも、どちらかといえばうぶな少年のような未来の反応が幸いしたためだろう。

女性は自分の魅力が通じない相手には徹底的に容赦がない面もあるが、ひとつ上の世代に属する同僚や先輩たちには、未来のその態度はどこまでも微笑ましいらしい。

差別されるよりよほどいいが、しかし妙齢《みょうれい》の女性にこうもおもちゃ扱いされるのはいかがなものだろうと、蔵名の腕の中で微かにもがきつつ未来は思う。

力強くかっこいい女性たちに愛玩《あいがん》されるのも、これはこれで時々しんどい。〝みきみきは企画部のコンパニオン・アニマルなのよ〟と蔵名なぞは豪語するから、立派な大人なのにと情けなくなってしまう。

「もお、助けてー……」

そんなこんなで抗えず、なすがままにDカップの胸に溺《おぼ》れてしまいそうになった未来があげた哀れな声に、不意打ちの低く甘い声音が応えてくれた。

「はぁい、そこまでね、蔵名さん」

「へっ？」

気づいたときには蔵名のそれよりも筋肉質の長い腕に巻き込まれ、存外に強い力に未来は体勢を崩しかけた。

そうして、まろびかけた身体を支える真っ平らな広い胸と、鼻腔をくすぐったファーレンハイトの香りに思わず顔を顰《しか》めるのと、真砂が「あら」と声をあげたのは同時だった。

「若じゃない。今日は早いのね」

「午後から休講だったんですよ。未来ちゃんおひさし」

若、と呼ばれた青年はさらさらとこぼれ落ちる長い髪でその端整な顔に甘い影をつくりながら、にっこりと微笑む。やや下がり気味の目尻に皺《しわ》のできるそれは、茶目っ気に溢《あふ》れてひどく魅力的だ。

「げ、弓彦《ゆみひこ》……っ、離せ！」

至近距離の華やいだ顔立ちに焦りながら、先ほどよりもよほど本気で抱擁《ほうよう》をほどくべく未来はもがいた。

「げってひどいなあ、助けてって言うから——」

「なんでもいいから離せーっ！」

頭上で交《か》わされるのほほんとした会話の合間、必死になってその長い腕を振りほどいた未来は、真砂の後ろに隠れるように逃げた。

「あ、逃げた」

「なあんで未来はそんなに若ボン嫌うかね？　いい子なのに」

七浜が笑う。リスの子みたいだねえ、よしよしとまた頭を撫でられて、この場のボスに頼る自分は情けないとも思うが、それも仕方ないだろう。

問われても、答えようもない。とにかく、未来は弓彦が苦手なのだ。

「ひどーい……イイコなのに俺……可愛い未来ちゃんを蔵名さんのバストプレスから助けてあげたのに」

七浜の台詞《せりふ》をそのまま受けては、ショックだと泣きまねをする青年に、蔵名が笑い混じりの睨《にら》みをきかせた。

「バストプレスってちょっと、人をプロレスラーかなんかみたいに言わないでよ」

「だってその爆乳はちょっと苦しいッスよ」

「爆乳!?　あたしの美乳はただでかいだけじゃないわよっ!?　ちゃんとこう山なりに」

一気に品位を下げた掛けあいに、ぱんぱん、と真砂が手を打ち鳴らす。

「はいもう、飲み屋じゃあるまいし低俗な話、やめ！　で、なんの用なの嘉島くん」

「はいはーい。ご要望の色校ができておりますので、お持ちしましたよ真砂主任」

やや強い声で窘める真砂にくくっと喉奥で笑って、未来に流し目をくれた後、わざとらしい丁寧な言葉遣いでA3版の茶封筒を取り出した彼の名は、嘉島弓彦と言う。

雑用のアルバイトで、この春からミリオンに出入りをはじめた二十歳の大学生だが、名字が示す通り、ミリオン社長、嘉島伸輝《のぶてる》の長男なのだ。

一八〇センチを軽く越える長身の持ち主で、過不足のなくついた筋肉と手足の長いバランスのよさと、金色がかった艶のある茶髪に縁取られたきれいな顔立ちは、育ちのいい鷹揚《おうよう》さを滲《にじ》ませていた。色あせたジーンズにごくシンプルなパーカーをまとっただけの、ラフなファッションでいてさえも華やいだ雰囲気は、どこにいても人目を引くだろう若々しい魅力に溢れている。

「なにこれ……未来、記事広告の版下、この間と変わってないんでしょう？」

雑誌用のインフォメーション原稿を眺めた真砂はむっと顔を顰め、色味が悪いと呟《つぶや》いた。

記事広告とは、取材記事形式を取った広告原稿だ。

「色味汚いのは再校でチェックするって言ってましたけど」

「だめよ、BeBeの使ってるデザイナーは当てにならないわ、色彩センス悪いんだから」

そうして電話入れるからと席を立ち、手元の資料を手早くめくり出す。

「未来、お茶かたした後でいいから前回の記事広告色校出して、あれ見本だっつて編集部に送って」

「あ、はい」

のんびりしていたお茶の時間は、真砂の一声によって終わりを告げ、他の面子《めんつ》も慌ただしく各自の机に戻る。食べかけで放置したままのワッフルを持て余した未来は、今更残りを口にする気にならず、それをトレイの上に戻した。

「じゃ、バイク便出すときは言って下さいね」

ご用聞きはこれまで、と役目を終えた弓彦が笑い、おつかれさんと振り返りもしない真砂に代わって未来は渋々会釈する。

「俺持っていこうか？　それ。ついでだし」

「ありがとう、でもいいよ、これ俺の仕事だから」

部屋を出る弓彦と並んで歩く羽目になり、横目には肩口しか見えない身長の高さに圧迫感を覚えつつも目線を伏せて、弓彦の申し出を未来は断る。

「それと……さっきはアリガト」

それでも先ほど助けてもらった礼は言うべきかとぽつりと告げれば、弓彦は目元だけでやわらかく笑った。甘すぎるような表情に、なんだか気まずくなる。

この、鷹揚なふたつ年下の青年のことが、未来はひどく苦手だった。誰にでも愛嬌《あいきょう》を振りまけるのがある種の処世術であり特技なのに、弓彦にだけはどうしても頑《かたく》なな態度になってしまうのだ。

「あ」

「なに？」

それじゃ給湯室はこっちだからと、ときびすを返そうとした背中に弓彦が声をあげ、なんだと振り返れば、長いしなやかな指がトレイの上の、未来が半分齧ったワッフルを指さしている。

「いいなあそれ、松蔵のワッフルでしょ」

「欲しいならまだ、総務に行けばあると思うよ」

勝手に行けよとすげなく言えば、ひょこりとその背を曲げるようにして弓彦は、おねだりをする犬のような瞳で未来の顔を覗き込んでくる。

「それ欲しいんだよー。食っちゃっていい？」

「お、俺の食いかけだからだめだよ」

いやな予感がして顔を顰めれば、にや、とあまり上品とは言いがたい、けれどどこか艶っぽい眼差《まなざ》しで弓彦は笑った。

「だからいいんじゃん」

だからってなんだ、と言いたいのに、含みの多い視線と言葉に未来は一瞬口ごもった。

「よくねーってっ……あ、こら！」

「もらうねー」

そして、両手にまだ飲みさしのカップが載せられたトレイを持つ未来の抵抗ができないのをいいことに、齧りかけのそれをぱくりとやられてしまった。

「てめっ……社長令息のくせに食い意地が張ってるぞ！　人の食いかけ、とるなよな！」

「だって美味そうじゃん、未来ちゃん歯形つきワッフル」

「は、はがっ……」

ぺろりとクリームのついた指先を卑猥《ひわい》に舐《な》めながら眇《すが》めた目をして、しゃあしゃあと言って弓彦は笑った。

（またからかわれてる……っ）

屈辱にも似たものを覚えて、未来は顔中を赤く染める。

やわらかく、人当たりのいい弓彦は、こうして未来をからかうのが趣味なのだ。それも先ほどのようなじゃれあいならともかく、ふたりきりになると必ず、まるでモーションでもかけているような言葉で態度で未来を翻弄《ほんろう》する。

「おまえいっつもいっつも……っ、そういうのよせって言ってるだろ！」

「そういうのって？　こういうの？」

毛を逆立てた猫のように犬歯を覗かせて唸《うな》った未来にもかまわず、長い足でひょいと間合いをつめた弓彦は、たった今クリームを舐め取ったその唇を、未来の小振りなそれぎりぎりの位置にかすめさせた。

「わあっ！」

「ごちそうさま、じゃあね」

思わずトレイを取り落としそうになった未来にからりと笑って、逃げるように弓彦は走り去った。

「ふ……ふざけやがってっ」

肩を震わせたまま歯ぎしりをする未来は、目を吊りあげながらも早足に給湯室へ向かう。

流し台へ乱暴にトレイを置き、そのまま感触の残った口の端を拳《こぶし》でごしごしと擦った。

「ばかにしてっ」

ひりひりと痛むその唇ばかりでなく、侮られている悔しさから目元が熱くなる。

(男が好きだからって、なにしたっていいわけじゃないだろ……！)

真砂や蔵名のからかいは受け流せても、弓彦の仕掛けてくる悪戯はタチが悪すぎて、案外本気で傷つくのだ。

弓彦の顔を見ればむっつりと機嫌が悪くなる未来に、先輩や同僚たちは不思議な顔をするけれど、洒落にならないセクハラをされているんですなどとはとても言えはしないから、却って未来の方が咎《とが》められることさえある。

「理不尽だあ……」

吐息して、しかし本心から怒りきれない自分にもまた未来は苛立っていた。

腹が立つことに、いい子なのに、という弓彦への評価はあの、女傑ばかりの企画部だけの評価ではないのもわかってはいるのだ。

社長の息子ということで、バイトの勤務態度も目こぼしされているわけでもない。むしろミリオンではそういう縁故系やコネ系には厳しい空気があるほどだ。

それは弓彦の姉、秘書課の嘉島千瀬《ちせ》が、平社員で入社し秘書室勤務におさまるまでに、七年という時間がかかっていることにも証明されている。

普通ならば入社後すぐに配属されるはずのエリートコースをあえて外され、各部署をたらい回しでやらされていたのだと語ったのは、千瀬と仲のいい真砂だ。

——総務だ事務の、言い方は悪いけど『下っ端お茶くみ仕事』から、営業の外回りまで全部やらされてたわよ。

あれは気の毒だったねえと、その当時、第一デザイン室にいた真砂は吐息混じりに言っていた。

——通常の社員だったらやんなくていいことまで全部やらされてね。要するにまあ、どこいっても通じるように修業、ってことだったらしいけど。

まあスパルタだわよ社長も、と笑っていた真砂が未来にその思い出話をしたのは、彼女なりの理由があってのことだったようだ。

――多分千瀬は次期社長なんじゃないかと思うのよね。そのためには末端がどういったことを考え、動いているのか知るべきだと思ったんじゃないかと思う。

専門職にありがちな驕《おご》ったところのない真砂は、入社したばかりでわけもわからず、資料整理やお茶くみばかりでへこんでいた未来を、励まそうと思ったのだろう。

――雑用だと思えば、資料整理やなんかは本当に雑用よ。でも、必要なデータを覚えるには最も近道だと思うって、千瀬は真面目にやってたわね。おかげであの子の頭の中には、この会社の数十年分の実績データがきっちりおさまってるわけ。

そうして、へこむならやることやってから、と渡されたのは、未整理のパブリシティ資料の山と倉庫の鍵だった。

販促物の掲載された雑誌の切り抜きや、その年代別の整理も、ただ言われるままにやるだけならただのスクラップ作業でしかない。その中から時代の流れとか、傾向を読みながら必要となる資料を造りあげるには、それなりの能力がいる。

組織の中にあるブレーンの「手足」となるべく、部下はある。そしていずれはその道を上るには、なにひとつ持たない自分は知識と経験を得るための下積みが必要だと、真砂の言葉を未来はそう解釈したのだ。

そしてとにかく真砂を信じて二年間、真面目にやってきた未来だからこそ、弓彦の態度や仕事の確かさは理解できる。やや軽いが言葉遣いは丁寧だし、時間や約束はきっちり守る。

「いいヤツなんだけど」

あれさえなければ、とため息してくすんと鼻をすすった未来が社員用の色気のないカップとソーサーを手早く洗っていると、ひょいと顔を覗かせたのはスーツの男性社員だった。

「あ、これも洗っといて」

「え、ちょっ……」

よろしくと、感謝のかけらもない横柄な態度で十人分はある茶器を突き出していったのは、確か今年入社の営業部の若手だった。忙しい忙しいと、わざとらしく去っていったけれども、本来こういう押しつけは社則で禁じられている。

「ちょっと、こんなの……」

困る、と言いかけた未来に、いかにも面倒そうに「ああ？」と聞き返してきた青年の背後から、急《せ》かすような声が聞こえた瞬間どきりとする。

「おい、長島《ながしま》早くしろ！　時間遅れるぞ」

「呼ばれてら。悪いけどやっといてよ」

涼しげな重低音の主は、姿を見なくてもわかる。

(樋口さんだ)

給湯室と、営業部は同じこの七階のフロアにある。未来のいる企画部は五階と違うため、こんな時でもなければ姿を見ることもできない。

未来が自主的にこうした雑事を引き受けるのも、あわよくば後ろ姿だけでも見かけることはできないかというささやかな下心があるためで、真砂たちも苦笑混じりにそれを許している部分もあるのだ。

そっと、長島の走っていった後を扉から顔を覗かせてうかがえば、案の定そこにはぴしっとしたスーツ姿の樋口がいる。

(う、かっこいい……)

正統派二枚目ふうに整った容貌を見ているだけで、指の先まで熱くなった。険《けわ》しい顔で何事かを言っている様子も、いかにもできる男と言った感じだ。

今のところ未来には、樋口に告白してどうこう、といった大それた望みはない。時折、こうして姿を見かけるだけでも満足なのだ。そんな未来を「いつの時代の女学生だ」と真砂らは笑うけれども、例えばなにかのアクションを起こすことなど、怖くてできそうにもない。

(だって……噂だもんなあ)

才媛《さいえん》の千瀬と、営業部のホープナンバーワンの樋口には、まことしやかな噂が流れている。曰《いわ》く、次期社長である千瀬の逆玉に樋口がおさまるのではないかとか、そうした類《たぐい》のものだ。

それに拍車をかけたのは、千瀬と樋口のツーショットが掲載された先月の社内報だ。「ミリオン社内美男美女コンテスト」なる、ファッション業界の重鎮にしてはかなり俗な内容だったのだが、モノクロの粒子の粗い写真でさえ、精緻《せいち》な雛人形のような和風美人の千瀬と、樋口の端整な男ぶりは損なわれることはなかった。

（お似合いだよなあ……）

ふう、と諦めの吐息をして、だからよけいに弓彦に敵愾心《てきがいしん》を持ってしまうのだろうかとも、未来は考える。八つ当たりもいいところじゃないかとは思うが、しかし。

「だからってセクハラはよくないっ」

あれはあいつが悪い、と唇を尖らせて増えた茶器を水につけていると、本日のお茶菓子をくれた総務部の麻野がむっすりとしながら給湯室に入ってきた。

手にポーチを持っているところを見るに、ちょっと一服《いっぷく》といったところだろう。

「あ、麻野さん、さっきはごちそうさまでした」

「あら未来くん……って、ちょっ、もしかしてそれ、長島!?」

未来の顔を見た瞬間には顔を綻《ほころ》ばせた麻野だったが、手元に大量にたまっている洗い物を見つけるや、また眉間《みけん》に皺を寄せた。

「知らないんですけど、多分……営業の」

あんのクッソガキ、と可愛い顔に似合わず口汚く罵《ののし》った麻野に、未来は曖昧《あいまい》に笑った。

「いっつもそうなのよ、もう……人に雑用押しつけて！　仕事できるわけでもないのにえらっそうに！　大体グッチがああだから一課の若造はみんなまねするんじゃん。むかつくのよ！」

「まあまあ……俺ついでですから、やっときますよ」

（グッチって……また？）

ここでも樋口の評判は、あまり芳《かんば》しくないようだった。憧れの人への愚痴《ぐち》は聞きたいものではないし、総じて麻野は文句がはじまると長い。

真砂に言われた仕事をやっつけるためにも早く戻らねばと思う未来は宥《なだ》める声を出したが、くわえ煙草のまま腕まくりをした勇ましい麻野にどきなさいと言われた。

「いいわよ、未来ちゃんにそんなことさせると真砂女史に怒られるもん」

苦笑混じりに、早く行きなとウインクされて、その代わり煙草黙っててねと、とうに未来の前で喫煙しまくっているのに麻野は言った。交換条件を口にすることで、気が軽くなるようにしてくれたのだろう。

「ありがとうございます、ごめんなさい。じゃあ今度、『パステル』のプリン買ってきますよ」

「やったあ、さんきゅー」

今日のお礼、と女子社員に人気の洋菓子で取引を決め、こっちこそさんきゅーです、ともう一度笑って未来はその場を後にする。そうして、この一件は真砂に注進するべきか否かを迷い、あの麻野の様子では長島の話は早晩あちこちの女性社員の耳に入るだろうと、自分は口を噤《つぐ》むことにした。

そして、ふと呟く。

「ああいうの、弓彦はやんないなあ」

ルーズな人間の多い昨今、簡単な書類の受け渡しでさえまともにできないものは少なくなく、ことに大卒の新入社員相手の場合こちらがいくら先輩でも、専門学校卒で年齢の同じ未来などは舐められることも実はよくある。いつも学生のような格好をしている未来はアルバイトと間違えられることもままあった。

また、営業部は有名大学卒のプライドが高いものもいて、ひどい場合には先ほどのように、他部署の未来にさえ雑用を押しつけることも少なくはないのだ。

そんなふうな意味で、弓彦は未来を軽んじはしない。社長の息子と偉ぶることもなく、つい先ほどのように雑用もついでがあれば進んで申し出るし、「バイトくんだもの」と笑いながら、押しの弱い未来が取り損なった営業部からの書類などもきっかり届けてくれる。

彼のいなかった昨年に較べれば、さまざまなことがずいぶんスムーズにいくようになったのも知っている。日程表に記載できない細かい雑事こそ、仕事を滞らせる最大の要因でもあるから、それをそつなくこなす弓彦のおかげで格段に作業能率はあがっているのだ。

「ホントに……あれさえなきゃあ」

いいやつなんだけどと繰り返している未来は、ふと自分が弓彦のことばかり考えているのに気づいて少し眉を寄せた。

「っ、なんであんなやつのこと」

そんな場合かと動揺した胸の内を誤魔化《ごまか》すように時計を見れば、思うより時間が経っていたことに青ざめる。

「未来ーっ!? どこまでおつかい!?」

「はあい今戻りますー!!」

フロアに戻れば案の定、真砂の苛立った声が聞こえて、慌てふためきながら未来はその声の方へと走ったのだった。

＊　＊　＊

結局問題の記事広告は揉めに揉めて撮り直しの羽目になった。荷物持ちとして真砂に引っ張られて商材撮影に付きあい、青山のスタジオから直帰すれば、時計はもう十時をさしている。

「疲れたよぉ……」

うへえ、と呻《うめ》きながら上るアパートの階段は鉄製で、夜半にあまり音を立てると近隣からの文句が出る。そろそろと足を運んで、狭いひとり暮らしの部屋に辿《たど》り着いた未来は、玄関先にごろりと横たわった。

「風呂入ってー、着替えてー、寝ないと……」

口に出して行動を確認しなければ動けないほどくたびれているのは、細かなハプニングの多かったこの日の気苦労のせいもある。

撮影所まで連れていかれたのははじめてで、ただでさえ緊張していた上に、掲載前の写真差し替えは相手編集部と真砂の一騎打ちとなって、慇懃《いんぎん》な言葉で交わされる舌戦は見ているだけで心臓に悪かった。

ずりずりとまるで匍匐《ほふく》前進をするようにベッドに辿り着き、肺にたまった空気を全て吐き出すようなため息をする。

ふと口の端がひりついて、なんの気なしに舐めれば、昼間弓彦に触れられた感触が蘇《よみがえ》ってひとり未来は赤くなった。

「くそう」

弓彦が未来の目の前に現れてから数ヶ月で、仕掛けられた悪戯は枚挙《まいきょ》に暇《いとま》がない。その度慣れもせず、いちいち目くじらを立てる自分があの男を増長させているのだとはわかっていても、ああいうじゃれあいに免疫のない未来には心臓に悪いのだ。

弓彦の抱擁やぎりぎりで交わすソフトな口づけは、何度か遭ったことのある痴漢行為や、悪質で陰湿ないやがらせのための暴力とも違うから、どうしていいのかわからない。

あんな、甘ったるいような顔で、しかもモデルクラスの美形に覗き込まれたことなどなくて、はじめて鼻先が触れるほどの距離に視線をあわされたときは、死んでしまうのではないかというほどにびっくりした。

漂う香りも、胸を疼《うず》かせる思い出のそれと同じものだからなおタチも悪く、ただおたおたとして赤くなるしかできない。そうすれば弓彦は笑いながら手をほどいてしまうから、また遊ばれたと悔しくなるのだ。

甘く清潔な、ファーレンハイトの香りが未来を混乱させる。奇しくも樋口もそれを使用していて、だからこそ彼に憧れている部分も否めないから、大事にしているはずの恋心をぐらぐらと揺すぶる弓彦の存在は危険なのだ。

「樋口さん、だよなあ……」

自分が好きなのは、営業部のホープであるはずだとわざわざ呟いてみせるのも、近頃少し自分の気持ちに自信が持てなくなっているせいだ。

一部女性陣には徹底的に人気のない樋口と、「あの日」の彼がどうしても重ならない。

「すごく……やさしい声だったのに」

でも間違いがないはずだと、ゆっくりと起きあがった未来はベッドサイドにあるチェストから、そっとあるものを取り出した。

なんの変哲《へんてつ》もない、男性用のハンカチ。きちんと洗濯してプレスしたから、もう残り香などないけれども、未来の記憶にはまだ、あの鼻腔にまつわるような甘い匂いが漂うような気がする。

それは二年前のことだった。

入社面接の大失言後、大恥をかきつつ面接室を飛び出した未来は、手近にあった男性用トイレに飛び込み、情けなくも溢れそうな涙を必死に堪《こら》えていた。

「どうしよう」

部屋のドアを閉めた瞬間、背後で笑い声があがった気がした。面接官たちだけでなく、次に控えた入社希望者たちの嘲笑《ちょうしょう》と、気の毒そうな視線が質量を持って突き刺さってくるようだった。

「つっ……」

かたかたと小刻みに震える手で顔を覆《おお》い、潤んでくる目元を必死に擦っていると、不意に痛みを感じる。コンタクトがずれたかと、焦って瞬きをすればついには涙と、そうして買い換えたばかりのハードレンズが転がり落ちた。

「あああっ!?」

ぎょっと目を見開けば、今度はもう片方も。あんまりだ、とおろおろして頼りない視界で足下を探っていれば、ぺき、と小さな音がする。

（踏んだ）

なんの障害物もないタイル張りの洗面所で、あんな音を立てる物体は他に思い当たらない。片方か両方かはわからないけれど、その小さな破砕音に、未来の高ぶっていた神経もぷっつりと切れてしまったのだ。

「も……ダメだぁ……」

呟いた瞬間、ぼろぼろと涙がこぼれていった。一体なんであんなことになってしまったのだろうと、思い返しても熱くなった頭ではろくなことが浮かばない。

雰囲気に、ただ飲まれたのだ。面接の順番待ちの間中、空気はぴりぴりと尖っていて、周囲にいたのは見るからにエリート然としたものや、センスのいい雰囲気の青年たち。いかにもレベルの高そうな入社希望者が居並ぶ中、たいした経歴もない自分なんかが混じっているのがあまりに場違いな気がして怖かった。

順番が来たとき、心臓の音しか聞こえないくらいに鼓動《こどう》は膨れあがり、簡単な質問には震えた声でそれでもどうにか、答えることができたのに。

「なんであんなこと言っちゃったんだよぉ……」

顔が歪んで、細い声が漏れる。似合わないスーツのまましゃがみ込んだ未来はもう、なにもかもが情けなくなった。両腕で囲った輪の中に顔を伏せ、唇を嚙みしめて嗚咽《おえつ》に喉をつまらせ、誰もいないトイレで泣いているというシチュエーションにもよけいに涙を煽《あお》られた。

憧れて、憧れて。みんなに無理だと言われながら、それでもせめて精一杯の努力をして落ちるならまだしも、面接で暴言とも言える失言をかまして落ちたなんて、あんまりかもしれない。

元々専門学校卒で、これという華やかな経歴も持っていない未来は、その履歴書の時点で大きく他の採用希望者に劣っていた。ダメ元でも真剣に入社試験を受けたのだ。

だから受かるなんて端から思ってもいなかったけれど、これでは情けなさすぎて踏ん切りさえもつかないじゃないかと鼻をすすれば、カタンとドアの開く音がした。そうしてふと、しけった冷たい水の匂いしかしなかった空間に、華やいだ香りが漂ったことに気づき、未来は青ざめる。

(誰か来たんだ……っ)

これ以上笑いものになりたくない、と慌てて立ちあがろうにも、長いこと蹲《うずくま》っていた足が痺《しび》れてよろけてしまう。

「あっ」

ぼやけた視界の中で、逆光になった背の高い影はこちらを見ているのか。まろびかけてどうにか洗面台に手をついた未来は、慌ててその影から顔を背《そむ》けた。

「あの、これ」

しかし、そのまま用を足して去るかと思われた人物は、そっとひそめた声で話しかけてくる。

「顔……拭いた方がいいよ」

「あ……」

差し出されたものがなんなのかわからずぼうっとした未来の手を取って、彼は大きな手に持っていたハンカチを握らせてくれた。

途端、ぶわっと顔が熱くなり、今度は羞恥《しゅうち》でまた泣きそうになってしまう。歪んだ顔に、しかし背の高そうなその人は呆れた様子もなく、ぽん、とまるで子供にするかのように未来の肩を軽く叩いた。

「面接、見てたよ」

「──っ、すい、すいま、せん、すいませんっ」

暖かい接触に、凍り付きかけた心が綻んで、また涙腺《るいせん》が緩くなる。貸してくれたハンカチをきつく握って口元に当てると、なんで謝るのとその人は言った。

「大丈夫、一生懸命《いっしょうけんめい》だったの、わかったから」

泣かなくていいんだから、と低く、甘い声音で言われ、ますます泣けてきて困った。目を開けていられなくて、きゅっと瞑《つむ》ったまま止まらなくなった涙を借りたハンカチで拭おうとするが、手が震えてうまくいかなかった。

ただ、空気をやさしく震わせる彼の声に、胸の奥が違う痛みを覚えているのを遠い意識のどこかで未来は知った。

お礼を言おうと思って、ぱくぱくと口を開くけれども、涙腺が壊れてしまった上にみっともなくしゃくりあげた未来の喉からは、ひぃん、と情けない細い声しか出なかった。

「泣かないで、ね?」

ハタチにもなって、それも会社の採用面接に訪れた日に、トイレにたてこもってべそべそと泣いている男なんて、呆れられてもいいはずなのに、目の前にたたずんだ人は宥めるような声音でそっと、わななく未来の指の代わりにその大きな手で頬を拭ってくれた。

あやすかのような甘い声の張りは若々しく、雰囲気からもさほどに年齢はいっていないだろうと思われるけれど、ふわりとこちらを安心させるような落ち着きがその人にはあった。

「あり、……っ、す、ませ……っ」

ありがとうすみません、そう告げたはずの言葉は、ずびいっという鼻をすする音に紛れて意味をなさず、しぱしぱと瞬いた目から涙と共にとっくに流れたコンタクトのせいで、慰めてくれている人の顔さえおぼつかないままだった。

貸してくれたハンカチを握りしめて、ひとしきり泣いて、ようやくもう一度ありがとうと告げた頃には、既にその人の姿はなかった。去り際に髪を撫でてくれた仕草のやわらかさと、甘く涼しげな残り香だけが、その場に漂っていた。

だから未来が覚えているのは、さわやかそうな短い黒髪のシルエット。涙にぼやけた視界

にも鮮やかだったグリーンのネクタイと、ダークグレーのジャケット。

「きっと、大丈夫だから」

低い、甘やかすような声音と、頰に添えられたハンカチから覗く長くきれいな指先。

顔さえもはっきりとしないその人に、未来美紀はその時、恋をしたのだ。


そして、数日後。

あれだけの大失敗をしたにも関わらず、落ち込みきっていた未来の元へ、ミリオンから入社内定との連絡が入った。

「嘘……」

どうしてですかと、電話で逆に問いかけた未来に、連絡をくれた人事担当者は苦笑した。

『確かに、直截《ちょくせつ》に申しあげますと経歴などでは目立つものは見受けられないですが、真剣さを買いまして』

「だって……たったそれだけで？」

そうして、信じられないと呆然とする未来に、人のよさそうな担当者は本当ですよと繰り返したのだ。

『未来くんの、万世への傾倒《けいとう》ぶりに感じるものがあった、真面目に仕事をしてくれる人だという面接官の強い意見がありまして』

（面接官――？）

その瞬間、なぜか未来は直感的に、誰かはわからないその面接官を、あの時自分を慰めてくれた彼だと思った。

心臓が、痛いほど高鳴った。なんの根拠もないけれども、大丈夫だと繰り返し力づけてくれた彼以外、コネもつてもない未来にそんな情けを掛けてくれるような人物がいるはずもない。

（ありがとう……）

電話を切ってしばらく、未来は泣いた。あの日の涙とは違う、どこかしらやさしいものを含んだ涙には甘い痛みが混じり、顔もわからないけれどそれでも、いつか会えたらお礼が言いたいと強く思った。

そして迎えた入社の日、人事で受付の通路脇に座していた未来は、緊張気味に廊下を行きすぎる人々を眺めていたが、ある青年とすれ違った瞬間、鼻先をかすめたそれにはっとなった。

（あっ……！）

ファーレンハイト、というその香水名を知ったのは、なにか彼の手がかりになるものが欲しかったからだ。男性用のコロンを片っ端から調べて、ようやく行き当たったのがそれだった。

会社に慣れる頃には、その日見かけた人物の名前も部署も知った。そうして未来は確信を深めたのだ。

(樋口さんが……あの人だ)

ずっと、せめて礼の一言でも言いたかった。何度もすれ違い、用向きで営業部に行くことがあっても、しかし結果的に、未来は樋口と挨拶《あいさつ》さえも交わしたことはない。

「覚えてるわけ……ないもんなあ」

そうなのだ。

幾度となくチャンスがあったくせに、未来の口から樋口への感謝の言葉が告げられることはなかった。その理由は、目の前に立ってさえ樋口が、未来を特別に認識してくれたことが一度としてなかったからだった。

一度だけ、書類を直接手渡す機会があって、自分に気づいてくれはしないかと様子をじっとうかがっていた未来に、樋口がかけたのはたった一言。

(なに、もういいよ、ご苦労さん)

顔もあげないままの、そっけないそれに、傷つかないはずはない。

しかし、実際忙《せわ》しなく働いている最中の樋口には、他部署の新人と話している暇もないのだろうと思えば諦めるしかなかった。すごすごとそのまま引き下がり、最初のきっかけを失ったまま、時間が経てば経つほどになにも言えなくなった。

そうこうするうちに、会社にも馴染み、気づけば配属された部署の都合もあって未来が親しくなるのは女性社員たちが多かった。元々ミリオンは営業部以外は総じて女性の方が多いため、それは必然でもあったのだが、一途に樋口を見つめる未来の心は聡い彼女たちにすぐに露見《ろけん》した。

そうしてまず聞かされたのが、あの「グッチ」というあだ名の由来だ。樋口、の略かと思いきや、それに引っかけている真実の意味は、『ブランド志向で愚痴が多くて文句言いだから』だというのだ。

そんなことはないだろうと思いたかったけれど、樋口をかばう発言をするには彼の人となりを知らなすぎる未来にはなにも言えない。まして面接の折りのことなど、自分の恥を上塗りするだけだからとよけいに口にも出せなかった。

「でも……だって」

他に、思い当たらないのだ。

あれほどの若さと長身で、しかも面接に関われる役職にいるものは、樋口以外この会社にはいないし、すれ違った瞬間に香ったコロンは、あの日のものとはっきり言える。

しかしどこか覚える違和感に、無意識に目を瞑っている自分のことも薄々知っていて、近頃の未来は少しばかり不安定だ。

薄皮を剝ぐようにあきらかになる樋口の実像と、二年を経てかなり美化されているであろう〝あのひと〟の思い出が、どんどん嚙みあわなくなっていくのを感じている。

そこに、弓彦だ。

あの人と同じ香りをさせて、人好きのする甘い笑みで近づいてきて、未来を混乱させる。

「市販品だから、こんなの……」

誰だって使っているんだから動揺することはない、そう口にすることに、アンビバレンスを感じる。弓彦を否定することはすなわち、樋口があの日の人物ではないかもしれないという予測に結びつくからだ。

「わかんないや」

ベッドヘッドの棚にある、涼やかな香りのボトルを手に取って鼻先に近づければ、かつてはあの人の面影を追えたのに、今は弓彦の顔ばかりちらつく。

ふわりとした香りに包まれて、背筋が軽く反るような気分になった。昼間弓彦が触れていった唇の端だけが、熱を持ったように疼いて仕方なかった。

（ファーストキスも、あいつに獲られた）

そうして、今日のこれはもう、何度目なのか既にわからなくなっている。未来は、誰とも唇を触れあわせたことがないまま二十歳を超えた。田舎町で、自分の性的指向に気づいてからは目立たぬよう人の視線に怯えて暮らしていたせいだ。けれど、いつまでも頼りない子供でもいられるわけがないからと東京でのひとり暮らしを決めたのは、誰でもない未来自身の選択だった。

仕事にもどうにか少しずつ、慣れて。可愛がられるのも男の甲斐性《かいしょう》という乱暴な企画部のお姉さまがたに鍛《きた》えられ、人にも馴染んだ。

それでもそうそう簡単には変われなくて、まだ少し、人が怖いときがある。憧れている樋口から、冷たい視線を向けられれば胸が凍りそうになる。

「でも」

無意識に唇を押さえ、未来は呟いた。

それなのに弓彦だけは、怖いと思ったことがないのだ。人に怯えて、それでも諦めずに少しずつ頑張ってきた、そんな未来の前に突然現れた年下の青年は、びっくり箱のようだと思う。

社長の息子なのに気取らなくて明るくて、目があうとすぐににっこり笑う。初対面の時からそれは変わらなくて、あの衒《てら》いのなさはどこか日本人離れしているアクションだとも思えた。

——未来美紀？　あはは、みきみきちゃんだ。

企画部での呼び名も、弓彦がつけたようなものだった。ちゃんってつけないで下さいと、困った顔をしてそれでも咎めた未来に、似合うのになんて笑った。そのくせ、未来がむっと顔を顰めれば、困った顔をして顔を覗き込んできた。

——ごめんね？　怒っちゃった？

子供に目線をあわせるような、そんな仕草をされて、彼がずいぶん背の高いことを知らされた。

——怒って……ないです。

そう、よかった、と黒目勝ちの瞳を細められて、至近距離の美形がどれほど心臓に悪いものかを生まれてはじめて知らされた。

硬直していた未来の唇を、なにかやわらかいものがかすめたのは次の瞬間だ。

——な……っ!?

一瞬遅れて、ばっと後ろに飛びすさった未来に、あれ、と弓彦はとぼけた声を出した。

——違った？　ちゅーしてほしそうに見えたのに。

——なにがっ！　んなこと、あるわけないだろ！

それは残念、とけろりと言ってのけるから、からかわれたのだと思った。面白そうに笑う瞳が意地悪に見えて、涙目で睨めば困った顔をした。

——あ……ひょっとかして？

キスしたことなかったの、とひどくショックを受けている様子の未来をうかがう声は、問いかけでなく確信を孕《はら》んでいた。答えきれず、唇を覆ったまま俯《うつむ》けば、そっか、と弓彦は呟いて。

——ラッキー。

悪びれず、にやりと瞳を眇めて笑い、未来を憤慨《ふんがい》させたのだ。

それからもうずっと、似たようなやりとりが繰り返されているが、ああした悪戯を彼はやめない。未来が間抜けなのか弓彦が抜け目ないのか、警戒してもするりと隙をついてくるから、自分はよほど鈍いのかと思う。

大体、弓彦は容姿だけでも、恋愛に関してお相手に事欠かないだろうことなど容易に想像がつく。

未来のいる部署の面子はさばけている上、年齢的にも恋愛や男に過剰な期待をすることのない時期に至った女性ばかりだから、弓彦に対してもあっさりしたものだ。

だが、一般事務や営業の若い女の子たちは違う。彼が訪れると一瞬で目の色を変え、態度も顔つきも変化させるそのすさまじさを、未来は何度も目の当《ま》たりにした。

背が高く、顔立ちも華やか。有名大学の学生な上に父親は会社社長で、しかも長男とはいえ事実上、嘉島の家を背負って立つのは姉の千瀬なのは周知の事実で、面倒なしがらみも少ない。

「玉の輿《こし》、って感じ？」

おまけに女の姉弟がいる人物特有のフェミニストぶりで、実に女性をうまくあしらう。ここまでいけば同性からは徹底して嫌われそうなものだが、基本的に礼儀正しいせいか年輩の社員からも評判がいいし、同世代にはフランクに接するからこれも好感度が高い。

欠点がないのが嫌みと言えば嫌みだが、普段があの通りふわふわと当たりがやわらかいので、表だって文句を言われているのを聞いたことがない。

今日も出がけに、ロビーのあたりで女性に囲まれている弓彦を見た。色めき立つ周囲をさらさらと笑って躱《かわ》す彼が、ひどく遠く感じて急いでその場を離れたけれど、じくじくと湿った不快感が未来の胃の当たりを重くした。

「なんで俺なんか、かまってくるんだろ……」

弓彦がちょっとその気になれば、引っかかる女の子なんかいくらでもいるだろう。大学にはそれこそ、若くて可愛い素直な子たちが山ほどいるだろうし、あのきれいな笑顔を浮かべて、未来に仕掛けてくるような悪戯のひとつもすれば、その場でころっといってしまうに違いない。

それなのに性懲《しょうこ》りもなく、焦ったり怒ったりする未来にちょっかいをかけてくるのだ。

からかわれているだけだと、バカにしていると怒っても、そのたびに弓彦はすぐに詫びてくる。そして次の瞬間にはふざけたように抱きしめ、未来が抗えばすぐにその腕から解放する。その繰り返しに一体いつあきるのかと、こちらが呆れた気分になるほどだ。

近頃ではそのあっさりとした態度に、拍子抜けするような自分もいて、こんなことに慣れるのはよくないと思った。

弓彦は万世とも小さな頃からの顔見知りだと言うから、おそらくゲイに偏見はなく、だから彼にしてみればあれらは、他愛もないじゃれあいなんだろう。一時期は海外にいたこともあると噂で聞いたから、それこそ親愛のハグや、友愛のキスのつもりかもしれない。

スキンシップ過多な弓彦のそれと、人慣れしていない未来の体感は、全然違う。そこに深い意味などないから、きっと誰にでもああなのだから。

蔵名のように、未来の過剰な反応を面白がっているだけなのだ。それ以上の意味などあるはずもないと、未来は何度も胸の中で繰り返す。

「からかわれてる……だけだから」

呟き、唇をなぞれば指の先が痛かった。

「俺が好きなの……樋口さん、なんだから」

弱い声音をなぜあえて、音に紡ごうとするのか、まだ考えたくない。しつこく唇をいじるうちに、少しずつ息があがっていく意味も、考えてはいけない。

「ぅん」

指とはまるで違うやわらかな感触、唯一知るそれのせいで気分が高ぶっていると認めたくなかった。

目を閉じて、半端に熱くなった下肢の疼きをやりすごそうとしたのにできず、先ほど確かめるように嗅《か》いだファーレンハイトの残り香が、ちくちくと未来の神経を刺激してくる。

「樋口さ……」

おさまりのつかなくなったことを知って、諦め混じりに未来の指先はそこに触れた。小さく、憧れる人の名前を口に上らせれば、どうしてか違和感の方が強くなる。

自分を慰めるときに、樋口を思い浮かべてしたことは、実は一度もなかった。脳裏にある影がぼんやりとしているうちには身体も熱を持つのに、真正面で視線が絡んだ折りの冷たい態度を思い出せば、すぐに身が縮むような気分になり、最後までうまく上れないのだ。

だから、香りだけに意識を飛ばして、持て余し気味の身体を宥めるのが常で、しかしこの日は意固地なまでに、樋口の名前を呼びたかった。

「ん、く……」

緩やかに撫でていただけでは足りなくなって、やや情けない気分になりながらベルトをはだけると、解放された部分が手のひらで跳ねる。大きく息をして、自分の体温でぬるまったシーツに後頭部を擦り付ければ、なぜかそれが弓彦を思い出させた。

「あ、やっ……」

途端、くんと反応した自分に焦って、しかし一度引き出された連想はそのまま、あの広い胸に抱き取られた瞬間の驚きを再現させる。

(——未来ちゃん)

心臓が跳ねて、頰が熱くなった。長い腕はしなやかなのに強くて、包むような香りと体温が瞬時に蘇り、そこにあの声がかぶさってくる。

必死になって未来はかぶりを振り、小さな声で縋《すが》るように呟いた。

「ひ、ぐちさ……っ」

瞳を、きつく瞑って懸命に思い出そうとするのに、硬質な冷たい横顔は遠く、妄想の中でさえ応えてくれない。

そしてリアルなのは、弓彦だ。感触も香りもそして、なにより未来自身へ向ける声も、あまりに鮮やかに過ぎて、未来の中へとどんどん浸食してこようとする。

「やっ……だ、ぁ……」

拒みながら、指先は小刻みに唇とすっかり濡れた熱を、何度も擦った。やめるには既に引き返せず、混乱するせいでなかなか終えられなくて、自分の反応に焦れて未来は何度もかぶりを振る。

「あふ、あっ、あっ……!」

いっそ体感だけで終われと、感覚を助けるように跳ねる胸の上に指を触れさせた。ここが感じるのはもう知っているから、小さなその突起をシャツの上からかすめる仕草は躊躇《ためら》いなく卑猥になった。

セックスという単語を知ったばかりの頃、未来はまだはっきりしない自分の性的指向に狼狽えていた。好奇心と罪悪感に苛《さいな》まれながら、自分は女性のようにされたいのだろうかと、なんの膨らみもないそこを触ってみたのがはじまりだった気がする。

未熟だった身体にはなんの感慨も覚えなかったのに、自慰の時にはそこを触るのがくせになってしまって、直接性器に触れる前に通りすがるように撫でていた。そうして、そんなことをする自分がいたたまれず恥ずかしいと感じていたけれど、結果的には触れられることに慣れた小さな隆起は、いつの間にか甘い痺れを催《もよお》すようになっていた。

「あ」

そっとひと撫でしただけで固く立ちあがったそこが、布地に擦れて痛がゆい。目線を向けると、浅ましいような手つきで自分を高める腕の動きが恥ずかしかった。

そしてふと、弓彦の腕はもっと逞しかったと、ちょうど今、胴を抱くように絡んでいる自分のそれに連想してしまった瞬間、激しく腰が跳ねあがる。

「ア、ん――ッ！　あ、あっ！」

一息に、身体が熱くなった。血が逆流して肌をざわつかせ、声さえも止まらなくなって、首をねじ曲げてシーツを噛む。

「ふっ……う、うんんっ、んん！」

唾液に湿っていくそれの、じゃりっとした感触を噛みしめながら、喉奥で放ちそうになった名前が一体誰のものなのかも。

「ン――！」

指を濡らしながら、くぐもった声に切なく疼いた感情の正体も、まだ知りたくはないと、未来はただ奥の歯を食い締めて、手のひらからこぼれていく熱情に耐えていた。

＊　＊　＊

ファッション業界の季節感は、はっきり言ってめちゃくちゃだ。真夏にクリスマス商戦の企画準備は終わっていなければいけないし、商材そのものについては一年以上先の流行を、読むというよりも「作り出す」ために雑誌社などのメディアと提携《ていけい》して情報をやりとりしていかなければならない。

そんなわけで、暦《こよみ》の上では立派な秋となるこの季節に、来春の〝薄もの〟は既に商品として出揃っているし、今スタッフが手がけているのは一年後の夏の企画だ。

来年度の企画会議にあたり、そろそろアクセサリーにも手を出したい社長と、そこまで手広くしたくはない万世と、なんでもいいから数字をあげたい営業の三つ巴《どもえ》に巻き込まれ、会議室から帰ってきた真砂はげんなりと眉間に皺を寄せていた。

「大丈夫ですか?」

「んなわけあるかい……未来、コーヒーちょうだい、にがーくて濃いーいの」

「言うと思って、はい」

さっき淹れときました、とマグカップを差し出せば、気が利くわねえと真砂が疲れた顔で笑った。

「アクセ部門なんか冗談じゃないわよ、まぁた外注かけなきゃなんないじゃないさ……万ちゃんどうせアクセなんかデザインできないんだからして」

畑違いに手を出すなと喉奥で唸《うな》りながらコーヒーをすする真砂に、それもそうだけどと反応したのは、昔ジュエリーブランドに在籍していた蔵名だった。

「あっち系はライセンス契約の海外ブランドに勝てるわけないですしねえ。客はモノよりどうせ名前で買っていくんだし」

根暗い声の呟きに真砂も頷きかけるが、そういうこと言うんじゃないよと立場上窘めた。

海外ブランドの商標つきの商材も、実際は日本で無名なデザイナーが制作したものがほとんどだ。ブランド名を使用する権利を獲得さえすれば、たかがゴム製の陳腐な髪飾りさえも「ブランドモノ」になりうるのは周知の事実だ。

「だあって、宝飾関係って今は不況真っ盛りですもん。いけてない事実集めるんだったら資料作りますよ」

「企画潰すための企画書作ってどうすんのよ」

けけっと嫌みに笑った蔵名に真砂は苦笑し、まあ一応データはちょうだいよと告げて、実りのない会議の話はそれで終わった。

殆ど口を挟めないままの未来は、黙ってお茶を片づける。ある程度のややこしい業界事情を踏まえた上での軽口のやりとりなどには、まだついていけないが、疎外感を覚えている場合ではない。

知らないことは自分で調べ、それでもわからなければ誰かに聞くしかないが、最初から他人を当てにしてはいけないのだ。会社は学校ではないのだから。

「未来、去年の掲載誌一覧持ってきて」

「あ、はいっ」

それでも、会話の意味がわかるようになっただけましだろうとしみじみ思いつつ、今日も資料と取っ組みあいをする未来だった。

この日はさほどの問題もなく、真砂に言い渡されたデータの整理と、宝飾アクセサリーの売れ筋ブランドについてのリサーチレポートをまとめるべく、資料と首っ引きになった。

「だめ出しのためのレポートってむなしいなあ」

折しも週末、土日はこのレポートで潰れるだろう。ため息をつきつつ社屋を出て、とぼとぼと駅までの道を歩きはじめた未来の背後で、クラクションが鳴らされた。

「みっきちゃーん。今帰り？」

振り返れば、ショートボディの4WDが止まっていた。高い窓から身を乗り出しているのは弓彦に他ならず、夜目にも鮮やかな笑顔に未来は反射的に眉を顰《ひそ》める。

「ね、今から暇？」

「そうだけど、でも」

さりとて無視することもできず、思わず立ち止まって答えてしまうと、「ドライブ行かない？」とにこやかに誘われる。

「でも、俺レポート書かなきゃ……」

「ドライブ、いや？」

都合が悪いと遠回しに断ろうとすれば、逆に直截に切り返された。こういう訊《き》き方をされて、いやだと言い切れる日本人はさほどまだ多くはないぞと恨めしく思う。

「いやっていうか……」

ぐずぐずと言っているうちに運転席から降りた弓彦は笑ったままの表情で、しかし有無を言わせない強引さで腕を取る。

「じゃ、行こうよ」

「おいちょっと、こっちにも都合がっ」

はい乗って、と肩を押されて助手席のドアを開けられてしまうと、強硬にも拒めないまま乗り込む他ない。

「ドライブって、どこ行くわけ」

「んー、江ノ島《えのしま》とか？」

「夜の海、見に行ってどうするよ……」

「雰囲気あるよ？　あれはあれで」

だから男ふたりで雰囲気出してどうするんだとツッコミも入れたかったが、なぜかやぶ蛇になりそうで未来は押し黙った。

「んでね、鎌倉《かまくら》の方にちょっといい店あるから、行かない？」

「江ノ島回って？　そんな時間に開いてるとこなんかあるの」

もう夜の七時近い。これから神奈川方面に行くとなれば、週末の道路事情も鑑《かんが》みて一時間では行き着くまいと思うのだが。

「いや、先にメシ食ってから。九時にラストオーダーだし、だいじょぶだいじょぶ」

ね、と横目に視線を流されて、抗うのもなんだか馬鹿馬鹿しくなった。弓彦にこうして誘われるのは、今までにも何度かあった。そのたびにやんわりと逃げ回っていたが、さすがに車で「お出迎え」までされてしまうと断りきれない。

ここまでしてなぜ自分を誘うのだろうと、むしろ不思議にも思う。そして、ふたりきりのシチュエーションに身構える心が、自意識過剰のような気がして恥ずかしくもなるから困るのだ。

「そこさ、昼間だとロケーションいいのよ、山の上にあって見晴らしいいし」

「じゃあ夜行ってもしょうがないじゃん」

「じゃなくってー、メシも美味いんだってホント、保証するから」

いちいち突っかかるようなことを言う未来にも決して気分を害さず、楽しげに話す弓彦は、多分相当にもてるだろうと思う。

ふわりとした笑みは頑なな未来さえもなごませるほどだ。友人もきっと多いだろうし、週末ともなれば男女問わず誘いの声もあるのだろうに、なぜ自分を誘うのか本当にわからない。

「あのさ」

「ん？　なに？」

おぼっちゃまの気まぐれと言うには熱心すぎて、これではあらぬ誤解を生んでしまうだろうにと、とうに誤解しかかっている自分を戒《いまし》めて未来は口を開いた。

「あの、……なんで俺のことかまうの？」

聞いた声が媚《こ》びを含んでいると思われないよう、必死に冷たい声を作る。しかし、それにもまた弓彦は質問で答えてくる。

「あ、迷惑かな？　俺、気分悪くさせてる？」

「じゃ、ないけど……」

じゃあいいじゃない、とまたはぐらかされそうになり、そうじゃなくてと必死で未来は声を綴《つづ》った。

「俺がどう思う、じゃなくて、なんでこういうことするのかわかんないんだけど」

「ん？」

ちょうど信号待ちになり、振動をあまり感じさせない車は緩やかに止まる。そして、ハンドルに手をかけたままの弓彦はやんわりと微笑みつつ、しかし内面を気取《けど》らせない表情で未来を振り返った。

「それマジで訊いてる？」

「え？」

また問い返され、困惑したまま未来が頷けば、嘘、と弓彦は笑った。

「俺、大概なりふりかまってないと思ったけど、アプローチ足んないかなあ。もっとはっきりさせる？」

「あ、アプローチって、な……っ」

薄暗い車の中で、ひょいと顔を屈めてきた弓彦の唇は、困り顔の未来の眉間にやわらかく触れた。びくり、と竦《すく》むだけで振り払うこともできないまま硬直した未来から、何事もなかったかのような表情で弓彦は離れていく。

「逃げないし、照れてるだけだと思ってたんだけど」

「いっ……だっ……」

いつも逃げようのないシチュエーションでこういうことをするからじゃないか、と反論しようと思ったのに、唇は無駄に開閉するだけで声を発することができない。落とされた囁《ささや》く声音も、車内に満ちたあの香りも、未来をがんじがらめにするような甘さがあって、一息に跳ねあがった心拍数が苦しいほどだった。

「か、からかってるっ」

「いや本気なんだけどね」

ようやく告げた、喘《あえ》ぐような声もあっさりと肩を竦めた青年に叩き落とされ、どうしていいのかわからなくなった。赤いシグナルがひどく長くて、早く変わってくれないかと未来はシートベルトを握りしめて祈る。

じっと、弓彦はこちらを見ていた。いつものような笑い混じりのそれではなく、真顔のまま向けられる視線は痛いくらいで、搦《から》め捕《と》るような濃厚さに呼吸さえできなくなる。

「ま、話は後で」

恐慌状態に陥《おちい》った未来を悟ったのか、少し苦いような笑みを浮かべた弓彦は、信号が変わったのを機に視線を逸らしてくれたけれど、それで安心できるわけがない。

（後でって……）

問題が棚上げされただけで、その事実はしっかりと釘刺され、未来はただ唇を嚙む。狭い空間に満ちたくらくらするほどの弓彦の香りが、逃げるなと言っているようだった。


鎌倉にある、おすすめの店で食事をとっている間の弓彦は、先ほどの強い気配が嘘のように、いつも通りの人当たりのいい青年だった。ガーデンテラスのあるレストランのオーナーとも顔見知りらしく、如才《じょさい》なく会話をしながら、車で来たからワインが飲めないのが残念だと笑った。

前菜はきれいな色の生ハムと地物の野菜を使ったピクルス。グリーンの色味がさわやかなエンドウ豆のポタージュは甘くとろりとなめらかだ。

皮はぱりっと、身はやわらかくしっとり焼けたタイの上にハーブのきいたソースがかけられ、付けあわせの野菜も新鮮。このところコンビニ弁当ばかりだった未来が、久しぶりに味わう上質な料理は確かに美味しい。

未来の方はさっぱりした料理にあわせて白ワインをもらった。元より酒は強くない上、ワインは体質的にかなり回ってしまうため気を付けていたのだが、すすめ上手の弓彦とオーナーに乗せられ、口当たりのいいそれをついつい過ごしてしまった。

緊張も、していたのかもしれない。酔ってしまえば彼の言うところの「話」とやらも誤魔化せるかと、こっそり思っていたのは否めない部分もある。

しかし、すっかりいい気分にできあがってしまって、山間にあるレストランから駐車場に戻る間の細い坂道を、まるで弓彦に支えられるように歩いているのは誤算《ごさん》だった。

支払いも、自分でするると言ったのに結局、誘ったのはこちらだからという弓彦に丸め込まれて、これでは本当にデートみたいだと考えた瞬間頭が煮えた。

「真っ赤になっちゃったね、大丈夫？」

「いいよ、ひとりで歩けるから」

「ったって、ここ暗いと足下が――」

赤らんだ頬を心配そうに指摘され、未来は邪険に腕を振り払う。だが、勢いがつきすぎてよろけてしまった。

「わっ」

「ほらぁ。舗装されてるけどたまに段差があるんだよ」

苦笑しながら腕を取られて、自然寄りかかった胸から慌てて離れる。

身を固くした未来に、弓彦はひっそりと苦笑した。

「だからさ、未来ちゃんそういうの、逆効果だって」

「な、……なにが」

喉奥で笑った弓彦は、逃れようとした腰を抱いて窘めるような声を出した。

「俺のこと、ばりばり意識してるでしょ。ついでに、警戒もしてる」

暗に、男のくせに自意識過剰だと言われた気がして凍り付けば、察しのいい彼はそうじゃないよと笑った。

「いや、してもらって正解なんで、俺的には嬉しいんだけどさあ」

「なんで……」

「そりゃあ。口説《くど》いてる相手に意識もされないよりは、あ、脈有りかなーと思うじゃない」

さらりと言われて、酔いに緩んだ自制に心臓が跳ねあがった。

「く、くど……って」

「知ってた、でしょ?」

私道であるこの場所は殆ど人の通らないせいか間隔をあけた街灯がたまにあるだけで、黒い影になった山並みのシルエットのむこうには、青みがかった夜空と丸い月が鮮やかに映る。

ざわざわと、風が木々を揺らすたび、都会では感じることのない濃厚な緑の匂いが肌寒いようなそれに混じった。

見あげた、美しい風景画のようなその中に、月明かりに映える弓彦の長い髪と淡い表情が浮かび、思わず息を呑む。

「からかってるとか、ふざけてるとか」

そうして、その映画の中のワンシーンのような情景に立ちつくした未来の細い身体に、暖かな体温を持った確かな腕が絡んできた。

「そやって、いつも怒るけどさ、……違うよ？」

至近距離から覗き込まれ、急激に酔いが回ってくる。笑う弓彦がきれいで、声があまりに甘すぎて、足下から痺れていきそうになるけれど。

鼻先をかすめた香りに、未来ははっと我に返る。

「お、俺好きな人いるからっ……」

力なくもがいて、離してほしいと訴えたのに、弓彦は腕を緩めなかった。

「だからなに？」

「だ、だからって……」

「知ってるよ、樋口さんだよね？　でもだからなに？　付きあってるわけでもなんでもないよね？」

むしろ抱擁を深め、心なしか先ほどよりも険しさの増した表情でつめよってくる。

厳しくさえ映る表情が、胸に甘く痛みを覚えさせるから怖くて、未来はもがいた。

「そ、そうだ、けど、俺の気持ち、とかっ……う」

言いかけた唇を、聞きたくないというように、少し強引に塞《ふさ》がれる。もう覚えてしまったそのやわらかさに、しかし慣れることだけはできないまま、ぞくりと震える背中。

「俺にしようよ」

「うあっ……」

吐息混じりに囁かれながら、はじめて唇を舐められる。濡れた感触に驚いて口を開けば、さらに内側も舐められた。小さな水音が立って、それがよけいに未来の中のなにかをかき乱すから、アルコールのせいだけではなく体温があがってしまう。

「い……や」

「絶対?……いや?」

細い声だけで抗えば、じゃあ逃げて、と言いながらも弓彦は耳を噛んで、きつく拘束《こうそく》した腕の片方をするりと背中に滑り落とす。細く薄い腰に大きな手のひらがかかって、チノパンツの上から掴んでくるような感触に未来は硬直した。

「ひゃっ……!」

びり、と背中を走ったのが嫌悪でなく、快感に属するものであることが怖かった。必死になって胸を押し返せば、大きなため息をついた弓彦はようやく腕を緩めてくれる。

「ごめんちょっと、調子に乗った」

身を縮めるようにして、身体中から警戒の気配を発した未来の髪をそっと撫で、余裕ねえなあ、と彼は苦笑する。

そして、腕の長さの分だけ距離を置いて、ゆっくりと言葉を綴った。

「からかってるんでも、遊んでるんでもないし、かなりマジだし」

「弓彦」

「でー。横恋慕も承知の上で、口説いてるから、考えてみて」

略奪愛、しちゃうつもりなんでと軽く笑うけれど、瞳が本気の色を見せるから、未来はふるりと肩を震わせた。

「なんで……？」

「なにが」

濃厚だった接触の余韻《よいん》に未来は問う声さえも震えているのに、弓彦は平然と笑ってみせる。この温度差がわからなくて、だからいつも混乱してしまうのだ。

「なんで、マジって……」

「聞く？　そういうこと」

理屈でいちいち言うもんじゃないと思うのになあ、ととぼけた笑みを浮かべた弓彦は、結局また質問ではぐらかす。

「じゃあなんで、未来ちゃんは樋口さん好きなの？」

「言う必要、ないだろ」

むっとして答えたのは、問いただされれば揺らいでしまいそうな自分の気持ちを知っているせいだった。もう大分以前から、あの記憶の人物と、樋口の実像のギャップに疑いを抱きはじめている自分を未来はまだ認めたくない。

「俺が訊いてるんだから、そっちが答えれば？」

それがこの、年下のくせにどこまでも余裕の青年の出現によって揺れたものなのだとすれば、なおのことだった。

大事にしている思い出は、あっさりと気持ちを切り替えられるほど軽いものではない。ましてや。

「一途だね」

そういうとこも好きよと、軽く言われてしまえば、じゃあなおさら心変わりなんかできないと思う。そんな自分がもうなにを考えているのか、未来自身把握《はあく》できなくなっていた。

「もう、海に行くのはさすがに無理かな」

帰ろうか、と笑って差し伸べてくる腕は、先に歩を進めることで断って、俯いたまま未来はひたすら歩き続けた。

背後からゆっくり近づいてくる足音が嬉しいなんて、そんなことはまだ認められなかった。

＊　＊　＊

週末の間、未来は少しもまとまらないレポートと、そして弓彦の残していった言葉の意味ばかり考える羽目になった。いずれにしろ成果のあがるわけもない、ややこしい命題で、せっかくの秋晴れの土日連休も、ひがなため息をついて過ごす他になかった。

手が止まったままいたずらに睨んでいただけのノートパソコンでは、液晶画面の中をぐるぐる回る熱帯魚のスクリーンセーバーが三度目の泡を吐き出して、はっとマウスを動かせばデジタル時計の時刻はそれを認識した先ほどから三十分は経過していた。

「あー……もう、ダメだぁ」

唸って、背後にばたりと倒れ込む。１Ｋの狭いアパートでは、それだけの動作をするにも手足があちこちに当たらないよう気を配らなければならない。ローテーブルに向かったまま微動だにしなかったせいか、なんだか肩がひどく凝《こ》っていた。

ぼうっと天井《てんじょう》を見あげる未来の視界には、首をめぐらせただけでその全容が見渡せる部屋がひどく窮屈《きゅうくつ》に思えた。ただでさえ手狭だから、できるだけものを少なくして片づけてはいるけれど、安普請《やすぶしん》は誤魔化せない。

だが、今の未来には相応なねぐらだとは思う。専門学校卒の社会人二年生が都内に住むには、この程度の広さしか望むべくもない。

けれども、その狭苦しく荷物のつめ込まれた空間が、不意に惨めに感じてしまうのは、明らかに弓彦のせいだろう。

――俺にしようよ。

甘ったるい声が蘇って無意識に震えながら、皮肉な笑みが漏れてしまう。

差し伸べてくる腕も好意も、確かに真剣みを帯びていると思う。からかってなどいないと告げる声も、嘘ではないだろう。

信じられないのは、あの弓彦にそこまで言わせる自分の価値だ。誰かから奪ってまで手に入れたいほど、未来という人間に想いを傾けてきているその理由がわからない。

出会いからして大したインパクトがあったわけでもないだろうに、弓彦は最初からずっと好意的だった。それはどんなに未来がつれなかろうと、邪険な態度に出ようと変わらない。

気持ちはかなり、揺れている。あんなにまで未来に、手放しの好意を寄せてくれた相手は今までいなかったし、いつでも変わらない弓彦の態度には、安心さえも覚えはじめている。

それでも、あの日の思い出を振り切ってしまわなければ、どこかで迷ってしまう気がするのだ。女々しいとは思うけれど、恩人とも言える彼に――樋口に、せめて好意と、礼の言葉だけでも伝えて、きっと受け入れられることはないだろうけれども、終わりにしてしまえたら、なにか新しいことに、踏み出せる気がする。

ぐずぐずと考えていてもはじまりはしないのはわかっていて、しかし踏み出す方法が摑めない。

「なんか……きっかけ、とか」

ないかなあ、と呟き寝転がるばかりの自分が、他力本願を当てにした甘えた人間のような気がしても、今の未来はひとり、情けない、とため息をこぼすしかできなかった。


週明け、どことなく浮ついた雰囲気を感じつつ出社した未来は、なぜか企画部のフロアに入るなり一斉に向けられた視線と共に、賑《にぎ》やかしいお喋《しゃべ》りが止んだことに驚いた。

「あ、あの、おはようございます」

どうかしたのかな、と思い、とりあえずの挨拶を口にすると、真砂は普段の通りに「おはよう」と返してくれたが、蔵名や七浜は微妙に視線を逸らしてくる。

（なにか……しちゃったのかな）

昔、イジメを受けたときに教室に入った折りのいやな記憶とそれは重なって、びくびくしながら自席についた未来だったが、思い当たることもないので普段通りに振る舞うしかない。

「あ、あの、お茶淹れてきますか？」

なんだか空気が重くて、曖昧に微笑みながら口を開けば、少し慌てたように皆は首を振った。

「あ、ああいいわ、あたし淹れてくるからっ」

「え……」

焦って立ちあがったのは蔵名で、いつも女王様然とした彼女の申し出に、未来は驚いてしまう。

いつもならば様子がおかしいな、と思うだけでそこまでは思い至らなかっただろう。けれども、ここ数日ぐるぐると考え続けていた脳はいやな回想をしてしまった。

(俺の淹れたお茶、飲めないってことかな……?)

かつて、気持ち悪い、と差別された記憶が蘇り、不安そうな表情はそのまま現れてしまったのだろうか。ため息をついた真砂に、蔵名は軽く頭をはたかれた。

「いいわ、未来。いつも通りお願い」

「っ、チーフっ!」

「そこまで過保護してもしょうがないでしょ、気を回しすぎよ」

なにがなんだかわからない、と困り顔の未来に、真砂は手に丸めた書類で額をつついてきた。

「あんたもね。人に気を使わせない程度に強く見せなさい」

「え、……え？」

行きなさい、と顎《あご》でしゃくられて、しかしいつもよりもやや強い真砂の目線になぜか、咎められているような気になった。

じゃあ、と部屋を出ようとした瞬間、今度は飛び込んできた背の高い影にぶつかりそうになる。

「わっ」

「あ……未来ちゃん」

少し焦った顔をしていたのは弓彦で、週末の記憶も薄れていない今、こんなふうに至近距離で会いたくなかったとどぎまぎしつつ目を逸らせば、背後からは真砂のさらに呆れたような声が追ってくる。

「ちょっと……若まで未来のご機嫌伺い？」

「いや……あの、俺は」

「え？」

何事かを言いかけた青年はそれで押し黙ってしまい、ひとり状況のわからない未来は周囲の表情の意味を計りかねて戸惑う他ない。

「ああもういいわ、ともかく未来、給湯室行ったんさい。そしたらわかるわよ！」

「は、はい！」

早くしな！　と強い語調に押されるまま、未来は部屋を飛び出していく。背後で弓彦が呼び止めようとするのを、真砂が窘めている気配があったが、なんのことだかさっぱりわからず。

そうして、ともかくもと訪れた先で未来を待っていたのは、企画部の気配よりさらにかしましく、そして好奇心と同情に満ちた視線と、言葉だった。

たっぷり三十分はそこで捕まって、ぼんやりとしつつもいつも通りにトレイを持って部屋に戻ると、弓彦もまたそこで捕まったままだった。

「だから実際のとこどうなわけよ、千瀬ちゃんとグッチ、まじなの!?」

「や、だから俺もわかんないって！　ここんとこ実家に顔出してないし、姉貴なんか最近、国外飛び回ってっから、ここでも会わないくらいだし――あ」

今の今まで訊かされていた、ミリオントップニュースのゴシップを、芸能人よろしくつめよられ真偽のほどを問われていた弓彦は、未来に気づくなりばつが悪そうに口を噤んだ。

「お茶……淹れました。弓彦も、これ」

「あ、ありがと……」

はい、と全員の分を差し出す未来は、至って平静な表情のままであったから、なおのこと周囲は戸惑ったようだった。

「き、かなかった、の？」

おずおずと訊いてきたのは蔵名で、その気遣う様子に却って未来は苦笑してしまう。

「聞きました。樋口さんと嘉島さんの婚約話、でしょ？」

もうもみくちゃにされんばかりの勢いで、あっちこちから、と肩を竦めれば、なんだ、と女性陣は肩で息をする。

「平気……なの？」

「なにがですか？」

眉を顰めたまま、そんなことを気遣われてしまう方がよほど情けない、と未来は思う。問いかけを引き取ったのは真砂で、冷たいような声音で彼女は平坦《へいたん》に言った。

「天然記念物並みの純情ちゃんだから、ショック受けるんじゃないかって大騒ぎだったわけよ」

「だって、チーフ」

「ああもううるさいうるさい、三流ゴシップみたいな話はやめなさい！」

くだらない、と言いつつカップを受け取った真砂に、あんたももうちょっとしゃきっとしなさいと小言を食らい、まったくその通りだと未来は思う。

樋口と千瀬の噂は以前から流れていたものだったし、実際、今更という気がしないでもなかったのだ。だからその噂自体よりも、蔵名や、麻野がおろおろとこちらを気遣ってくれることの方がなんだかショックだった。

未来に向けられる情の中には、一人前とは認められていないからこそのやさしさというのもある。真砂が窘めたのはきっと、そういうことなのだろう。

それでも目線で気遣うような表情をされれば強くは拒めないから、困ったなあ、と未来は笑った。

「大丈夫、だから」

仕事しましょう、と告げた未来の頭を軽く叩いて、偉そうにと真砂は笑った。

「で、未来、レポートできたの？」

「う」

デスクにつくなり突っ込まれ、唇をへの字に曲げた未来に、とにかくまとめたら見せなさいと真砂は言い、頑張ってみますと答えながらふと室内を見渡すと、あの目立つ青年は既にいなかった。

「若ならとっくに出てったわよ」

ぼそりと、隣席の七浜に言われてそうですかと小さく答えながら、樋口の噂を聞いたときよりよほど心が乱れる自分を知る。

一瞬だけ見交わした瞳は気遣わしげで、寄せた眉にいつもの笑顔の印象が薄まり、弓彦の整った造作を引き立てていた。

口づけられたあの瞬間の表情に似ていると思って、血が上りそうな頬をつねり、そんな場合じゃないだろうと自分を戒める。

机の上に積まれた、清書待ちの企画書、下校正の済んでいない雑誌掲載のゲラ、まだ半分しか終わっていない掲載誌の整理。浮ついている場合ではない現実に思わずため息が漏れた。

「容赦ない……」

「なに言ってんの、まだあるわよ。これ、要不要選別してファイリングね」

未整理のファックスを蔵名にどっかり渡されて、「鬼」、と睨めば「アンタの仕事」と切り返される。

「わかってまーす」

下準備に携わる未来の仕事が滞れば、当然真砂のそれにも影響する。誰にでもできること、だからこそ失敗や遅れは許されないのだ。そうして、期日通りにきっちり仕あげる自分を買ってくれているから、真砂のアシスタントが勤まっていることを未来は自覚している。

先ほど言われたレポートにしても、実際、真砂から上にいくことはないだろう。だからこそ、直属の上司である彼女の眼鏡にかなわなければ、自分で自分が「なにもできません」と言い切っていることになる。

（色ボケしてる場合じゃないよって）

肩でひとつ息をして、樋口のことも弓彦のことも、とりあえず未来は意識の外に追いやることにした。

しかし、物事というのは得てして、覚悟の決まらない無防備な瞬間に、なにかを揺るがすような衝撃を持って訪れる。

時間が否応なしに流れるように、変わらないものなどこの世の中にはないし、自分にやさしい予測ばかり立てていても、それが叶うことなどまず有りはしない。

ぐずぐずと先延ばしにしていた問題が立ちはだかるとき、それは大抵予想もしなかった痛みと衝撃を伴って人を打ちのめすものだということを、この時の未来はまだ、わかってはいなかった。

＊　＊　＊

しばらくは仕事に専念して、プライベートのあれこれを考えることをやめようと思っていた矢先のことだった。

このところ連日の会議が入り、通常業務も抱えつつそちらの方も手がけなければいけない真砂はかなり疲れているようだった。

件《くだん》のレポートは、結局は素人考えのものにしかならなかった。顧客の視点から見た、こういう商材やサービスがあればいいという簡単な要望をまとめただけの拙《つたな》いものだったが、業界の水に染まらない目で見た場合の意見として、参考にすると真砂は言ってくれた。

そして、真砂がまとめた資料を持って、もう何度目かわからない会議に出席しにいくのを見送った後、会議用のプレゼン資料がまるまる机の上に残されていることに気づいたのは未来だった。

「あっちゃ……チーフ、肝心なもの忘れてる」

「届けてきます！」

疲れてるのねえ、といたわしげな表情になった面子に頷きつつ、人数分のコピーが入った封筒を抱えて未来は会議室へと急いだ。

フロアをあがり、駆け込むようにして入室した会議室は緊迫した空気に満ちていて、息を切らせた未来はドアを開けたこちらに向かって一斉に向けられた視線に思わず立ち竦む。

「遅れて申し訳ありません、資料のコピーが終わりましたので、お配りします」

忘れていった、などと告げれば真砂の立場が悪くなると、たった今できあがったふうに言ってぐるりと配置された机に資料を配っていく。

「さんきゅ」

真砂の前に辿り着くと、心なしかひきつった顔で囁かれ、「貸しにしときます」などと告げて原本を手渡す。

会議の席には、樋口もいたが、ともかく配るのに必死だった未来は、彼の姿を見ても以前のように胸が躍らないことを気にしている暇はなかった。

ただ、苛ついた表情に余裕のなさのようなものが見えて、剣呑《けんのん》な空気に怯えるようにそっと大回りをして資料を置こうとした瞬間だった。

「あっ！」

気遣ったつもりが、背後を見ない樋口の不意の動きに脇をかなり強く打たれた。はずみで、テーブルにあったお茶が配ったばかりの資料の上にこぼれてしまう。

「ってぇなあ、なにやってんだよ！」

（え……）

すさまじい声量で怒鳴られ、咄嗟《とっき》に身が竦んでしまう。こぼれた茶は資料の上ばかりか彼のスーツにも滴《したた》り落ちていて、未来が謝罪の言葉を口にしようとした瞬間、苛立った樋口の声が空気を震わせる。

「雑用はどっか行けよ！……ったく、ああ、どうすんだよこれっ」

静まり返った会議室に響いた怒声は場を白けさせた。衆目を浴びて未来は顔中に血を上らせ、またそれが一息に引いていくのがわかった。

「謝ることもできねえのか、おまえはバカか⁉」

「あ……すみ、ませ」

「どけよ、もういいよ！」

こんな人だったのだろうか、と呆然としたままの未来を押しのけ、樋口は「おい雑巾《ぞうきん》！」とわめきながら席を立つ。

(怖い……)

乱暴な怒声を真っ向から浴びせられたのは久しぶりで、しかもこんな場所で、たかがあれだけのことに大人げなく声を荒げる人物を、愕然《がくぜん》と未来は見送ってしまう。歪んだ口元の品のなさに、普段の樋口の颯爽《さっそう》とした姿を見つけることはできず、本当にあれは彼なのだろうかとさえ思った。

「きみ、大丈夫か？」

「あ……はい」

樋口の隣席にいた壮年の営業部二課の課長は、しかし未来の方にこそいたわしげに声をかけてきた。

「ちょっと追いかけて謝った方がいい、あれはうるさいから」

面倒のないようにと促されたそれに、未来は硬直している場合ではなかったことを思い出す。

「は、はい……会議中、お騒がせ、しましたっ」

焦って一礼し、慌てて樋口の後を追えば、案の定給湯室に消えるスーツの後ろ姿があった。

また怒鳴られるだろうかと思えば身が竦んだが、そんなことを言っている場合でもない。

非礼は詫びて、ともかくあの濡れたスーツの始末をしなければと小走りになった未来は、しかし給湯室の入り口前で立ちつくし、そこから聞こえてきた声に目を瞠った。

「ったく、冗談じゃねえよ」

「いいから樋口さん、これ脱いじゃった方がいいですよぉ」

怒っていたはずの樋口の声は下品に緩み、そこに追従《ついしょう》するような媚びを含んだ笑いがかぶったのは、総務部の麻野の後輩である女子社員の、三郷《みさと》のものだった。

「誰にやられたんですかぁ？　ひどーい」

「あいつだよ、あいつ」

なんだかひどくいやな予感がして、どうしても入っていけずにいる未来の耳に、聞きたくもなかった言葉が突き刺さってくる。

「企画部の……なんだっけ？　ともかくあの、ホモ！　ホモ野郎にやられたの！」

(なに？)

うわん、と一瞬耳鳴りがして、心拍数が跳ねあがった。

(嘘……なに、今の？)

落ち着け、と息苦しくなった胸を押さえて深呼吸をしようとすれば、さらに。

「あいつ気持ち悪いんだよね、俺のこと、すれ違うとじーっとか見て」

くわえ煙草なのだろうか、あまりキレのよくない発音をした樋口の声の後に、ライターの着火音と長い息を吐き出す音がする。そうして、きんきんとうるさく耳を苛立たせる三郷の甘ったるい声が続いた。

「あー、未来でしょ？　あいつむかつくんですよー、男のくせにお茶くみとかしちゃって。麻野ツボネにも、あんたも未来ちゃんくらい気が利くなら、とかよけいな世話だっての、あのババア」

（――なに、これ？）

「麻野なー、年増だからうるっせんだよ。なんだよあいつ、ホモとか言って麻野とできてんじゃねえの」

それとも真砂のツバメか？　と、下品な笑い声がしばらく続き、それを言葉として脳が理解するのにずいぶんと時間がかかった気がした。

そうして愕然とたたずむ未来は、かちかちという音が奇妙な場所から聞こえているのをどこか遠い意識の中で聞いた。

自分のこめかみが、小刻みに痙攣《けいれん》している音だと気づいたのは、もう大分経ってからのことだった。

「あー、ところで、会議戻らなくていいんですか？」

「いいよあんなもん、かったるい。三郷だってさぼりだろ？」

言いっこなしと、ヤニ下がった声で続けている人物は、本当に樋口なのだろうか。

（あれ？）

そして、自分はここでなにをしているんだろう、と思い、きびすを返すためにぎこちなく身を捩《よじ》った瞬間。

「――ッ!!」

悲鳴をあげかけた唇を、未来は咄嗟に両手で覆う。

「ゆ……っ」

見たこともない、殺気だった表情の弓彦が、そこに立ちはだかっていた。

「どいて？　未来ちゃん」

引きつけを起こさんばかりの勢いで震えている肩に、一瞬だけやさしい表情を見せた彼は穏やかな所作で手のひらを乗せてくる。

「ゆみひ、……っ」

「大丈夫、ね」

そして、冷えて硬くなった薄い肩を励ますようにさすられて、じんわりと伝わった体温に、まずい、と思った。

（泣く……っ）

硬直し、両手で震える唇を覆ったままの未来を、弓彦は一瞬だけ、宥めるように抱きしめて、その背をそっと押し、死角になる場所へ連れていく。

「ここに、いて。いいね？」

頷くこともできないまま、しかし給湯室へ入っていこうとする弓彦の背中のシャツを咄嗟に摑んでしまった。

穏やかに見せている弓彦だが、先ほどまでの樋口の発言を耳にしたのは確実で、一言言うつもりであるのは見て取れた。しかし、このまま行かせるわけにはいかない。

「お、れも行く」

「なに……」

引き留められ、驚いた顔をする弓彦の顔がぼやけそうで、必死になって未来は瞬きをした。

「あやまらな、きゃ」

少なくとも、最初の非はこちらにもある。言われのない、ひどい侮辱をされたとしても、ただこのまま弓彦にかばわれてしまうのはよくないと、それだけを思って留める弓彦を押し返し、未来は足を踏み出した。

「なに謝るの……って、おい！」

「あ」

弓彦の声を背に中へ踏み込めば、途端、気まずげな表情になった三郷と樋口が声をなくす。

そのいやな表情に胃の奥がせりあがるような不快感を堪えつつ、未来は震える声を発した。

「ひ、……樋口さん」

喉奥に絡まるそれに、本当は謝りたくない自分を知った。けれど、それでもここで頭を下げておかなければ、謝っておいでと背中を押してくれた営業課長にも悪いからと、必死で未来は言葉を綴ろうとした。

「先ほどは申し訳ありま……っ」

「んだよ、立ち聞き?」

しかし、言いかけたそれは居直ったらしい樋口のふてぶてしい声音に語尾を打ち消される。ぐうっと、胃の奥が絞られるような圧迫感を感じて押し黙れば、彼は勝ち誇ったように声のトーンをあげた。

「悪趣味なんじゃねえの? 大体さあ、このスーツ高かったんだぜ? アルマーニの限定品で。どうしてくれんだよ⁉」

くわえ煙草のまま怒鳴る樋口の下品に歪んだ表情は、せっかくの端整な顔立ちを台無しにするほどいやらしげで、未来は嫌悪感を覚える。

「べんしょ……っ、します」

「アンタみたいな安月給で払えんの? あ、それともなに? 真砂女史に借りたりとか?」

言葉は、その含み以上の棘を持って未来に突き刺さり、頭を下げたままこぼれそうな涙を凌駕《りょうが》する。

必死で堪えた。それでも必死で頭を下げると、下卑《げび》た揶揄を向けられ、怒りの方が惨めさを

「そんなことっ、しません！」

女史、という言葉に嫌みを感じて、きっと未来は顔をあげた。敬愛する上司をバカにされた憤《いきどお》りは、自分へのそれより勝ったが、しかし次の瞬間無遠慮な指に顎を取られて息を呑む。

くわえた煙草の熱が目の先にあって、脅すように顔を近づけてきた樋口はいやな顔で笑った。

「ホモだと思ってたら、女もたらせんじゃんなあ。それともあれかよ？　おまえが可愛がってもらってんの？」

「ッ」

ブランドをひけらかし、どこまでも品のない物言いをする彼の浅さが、たまらなくみっともなくて、哀しくさえあった。こんな人間に憧れていたのかと思えば、自分が情けなくて泣けてくる。

（最低……）

ひくり、と喉をひきつらせた未来の瞳が見開かれた。透明な雫《しずく》が盛りあがり、決壊《けっかい》を迎える寸前の淡い色合いを揺らしたそれに、しかし息を呑んだのは樋口の方だった。

一瞬、吸い込まれるように未来の甘い顔立ちを凝視した後、ぎくりとしたように彼は肩を

強《こわ》ばらせる。

「あ、……あああ、触っちまった、気持ちわり！」

「痛……ッ」

そして手荒に、どこか焦ったかのように拘束を解かれ、まるで壁に突き飛ばすようにされた細い身体は、やんわりとしたものに背中から受け止められた。

「樋口さん」

両肩に手を置いて未来を支えたのは、無論のこと弓彦だった。

「あっ」

愕然としたまま動けない未来には、弓彦の顔は見えなかったけれども、目の前にいる樋口と三郷の顔が一気に凍り付き、また背後から恐ろしく温度の低いオーラが発せられていることだけはわかった。

「弓彦――さん……」

「会議中に、喫煙休憩ってのはまずいですよね。それから」

ゆっくりと、未来の身体を脇に押しやるふりで背後にかばい、弓彦はその姿勢を正す。元元の長身が、それによってさらに迫力を増すのを、一回りも大きくなったような背中で未来は知った。

広い背中に阻《はば》まれて、もう樋口も三郷の姿も見えない。ただ弓彦のまとう、ブルゾンのロ

ゴだけが視界いっぱいにあって、安堵に震える息が漏れる自分を未来は知った。

「性的指向によるいわれのない差別は、査定に影響することくらい、ご存じじゃないですか？」

静かな声で告げる弓彦の口元が、微かにあがっているのが見えた。正面から見なくてよかったと思えるほどに、その気配は冷たく鋭い。

「な、なんだよ、社長の息子だからって、あんたにそんなこと――」

「確かに。俺に権限はありませんよ、なにも」

肩を竦めた弓彦と、樋口の間にあるパワーゲームの勝敗は、しかし哀れなほどに歴然としていて、虚勢を張った分だけ惨めになる男を、未来はもはや呆然と見ていた。

「ただねえ、うち、ご存じの通り仲良し親子でね。結構親父もこれが、過保護で。バイトしたいなんつったら自分の会社でやれーなんてくらいだから、ねえ？……だから」

言葉を切り、笑み含んだ声をおさめた弓彦は、普段の穏和さが想像もつかない声で怒鳴った。

「チクられたくなきゃさっさと行けってんだよ!!」

「ひっ！」

空気がびりっとするほどの怒声に、悲鳴をあげたのは三郷だった。逃げるようにその場を去る彼女の後を追うように、よろよろと給湯室を出ようとした樋口の濡れたスーツを、弓彦はそのまま摑みあげる。

「弓彦ッ！」

彼が、樋口を殴るのではないかと未来は青ざめ、咄嗟にその広い背にしがみつけば、吐息した彼は「大丈夫だよ」と空いた手でその小さな頭を撫でた。

「なにがアルマーニ？」

「う……ッ」

そうして、まくった上着の内側にあるタグをしげしげと見た後に、早く行ってくださいよ、と普段通りの声に戻って、摑み皺のできたスーツをわざわざ直した。

まろびつつ、真っ青な顔で逃げるように去った樋口を呆然と見送っていた未来は、自分が弓彦にしがみついたままだったことを思い出し、はっと手を放す。

「未来ちゃん」

「あっ……あの、俺」

戻らなきゃ、とまだ青ざめたままの頬でなんとか笑みの形に顔を歪めた未来は、しかし一瞬の後に弓彦の長い腕に巻き込まれた。

「未来……」

「っ、はな、離して」

強く、広い胸に抱き取られて、驚きに引っ込んでいた感情がわっと押し寄せてくる。

（俺……忘れてた）

ずっと、偏見なく接してくれる仲間たちのぬるま湯につかって、忘れかけていた。

世間では未来はやはり異端児で、なにもしなくてもあんなふうに蔑《さげす》み、傷つけようとする人間はいるのだ。

それが樋口だという可能性も、ないとはいえなかった。けれどああまで、真っ向から傷つけられたのは久しぶりで、だから。

「泣かない、で」

「なっ……泣いて、泣いてないよっ」

息が苦しいのも、瞼《まぶた》が熱いのも、認めたくない。

今わかったことは、樋口は「あの人」ではなかった、ただそれだけの事実だ。確かめるまでもない。至近距離にたたずんでみれば、顔が見えなくとも受ける印象はまるで異なっていることはわかる。

（じゃあ……誰なんだろう？）

あの日、あんなふうにやさしくしてくれたのは、一体誰だったんだろう？　自分は、一体誰を好きになったんだろう。

「ごめん、もっと早く気づけばよかった……」

「がっ、ちが……っ、ひ、……っ」

離して、と未来はただもがいた。弓彦の腕はやさしすぎる。髪を撫で、背中をあやす手のひらもなにもかも、大事に大事にされているようで怖くなってしまう。

こんなふうに、やさしくされる価値なんてどこにもない自分なのに、錯覚させないでくれと恨みたくなった。

「――なせっ、離せったらっ」

「未来ちゃんっ」

触れてくる腕が心地よければよいほどに、失うことに怯える。大事ななにかが壊れてしまったような未来には、必死で見つめる視線の意味さえわからなくなっていた。

「んなふうに、呼ぶな！　どうせ……っどうせおまえだって」

振り切るように腕から逃れて、壁に背中を預けたまま、未来は息を切らしてこみあげてくる暗い嗤《わら》いを堪えた。

「適当にからかってるんだろ、俺のこと、ちょっと毛色違うからからっておもしろがってっ」

「未来ッ！」

八つ当たりだと本当はわかっていたのに、けれどぼろぼろになった心は、自虐《じぎゃく》的な言葉を吐きだしてしまう。長い間抱え込んでいたコンプレックスも、弓彦の態度に期待してしまいそうな自分への嫌悪も、全てが溢れ出してしまう。

「どうせ……ホントに俺のこと、どうこうしようなんて思ってないくせに！」

「なに？」

やさしいから、心が傾いて、だからその分、信じられなかった。

「なにそれ……どういう意味？」

じゃれあいの域をとうに越えていて、それでも未来が振り払えば笑いに誤魔化して手を引いていく弓彦を、追いかけそうな自分がいやだった。

「俺マジだって言ったの、信じてくれてないの？」

「言うだけなら、なんだって言える」

社長の息子で、頭もよくて、見た目だってかっこよくて。なんだって持っていて、なんでもできる彼が、こんなちっぽけな自分を本気で欲しがっているなんて、ずっと思えなかった。

「じゃあ、どうやったら信じてくれるわけ」

ほら、こんなふうに未来が激昂《げっこう》しても、弓彦の声は静かなままだ。

「俺と、やれる？」

「なに？」

「本気ってなに？　弓彦、本当に俺のこと欲しいの？」

そんなの信じられない、と泣きながら喘えば、水の膜に歪んだ先の弓彦が、険しげな気配になる。

「セックスしたがってるかどうか訊いてるの？」

「俺が訊いてんだろっ！　そうやっていっつもはぐらかっ」

冷たく、平板《へいばん》な声で問われ、言い返そうとした未来の声は弓彦の唇に消えた。

「う……っ」

今まで、からかうようにかすめ取られてきたそれとはまったく温度の違う、冷たいけれど激しい、奪うような口づけに、胸の奥がきりきりと痛くなった。

（怒らせた）

当たり前だと思いながらも青ざめ、必死にもがいても身体を拘束する腕は緩まない。

「ウ……、うっ、んんん！」

広い胸を、拳で殴ってもびくともしなかった。舌を噛まれて、痛くて、また涙が出る。苦しい。

「こうやって強引にすれば、本気だと思うの」

「は……っ」

長く蹂躙《じゅうりん》され、酸欠気味になった頃。ようやく唇だけは解放されて、それでも身体を縛《いまし》めた腕をほどかれないまま、耳元では押し殺した声が聞こえた。

「未来ちゃんは……俺のこと、そういうひどい男にしたいんだ？」

冷たい、けれど恐ろしく熱い感情を押し殺したからこその低い声音に、未来は苦しくてたまらなくなる。

（違う）

弓彦を、そして自分を傷つけたいと思ったのは一瞬で、実際こんなに苦しげな声を聞いてしまえば、息もできないような後悔に見舞われた。

しかし今更撤回もできず黙り込めば、わかった、と弓彦は告げる。

「いいよ、そうすれば本気だって証明、できるんだろ？」

「そ……だ、よっ」

頬を両手で包まれて、それなのに少しも甘くない視線で額をあわせて覗き込んでくる瞳に、焼き尽くされそうになる。

「このまま、さらうよ」

囁きは既に命令で、逆らえない視線に未来はただ、頷くしかできなかった。

＊　＊　＊

直情的で不穏な物言いをした割には、弓彦《ゆみひこ》は周到《しゅうとう》だった。まずは未来《みき》の腕を掴んで企画部に顔を出し、蔵名《くらな》に早退の旨を告げさせた。

「なんかあったの!?」

「ちょっと……ね」

泣き腫《は》らした顔を見るなり血相《けっそう》を変えた蔵名に、未来がなにも言えずにいれば、心配だから送っていく、と目配せをしてみせた。

元々、軽口は叩いても仕事中に私用で人を振り回すまねなどしたことのない弓彦の信用があってこそだろう。その場はそのまま不問に付され、心配顔の蔵名には「なにかあったら連絡しなさい」と言われ、さらに理由のはっきりしない早退を誤魔化《ごまか》してもらうことまで約束されてしまった。

未来はもう、ことの成り行きを冷静に判断する気力そのものがなかった。

泣きわめいた後の頭はがんがんと痛むし、そんな未来の腕を、支えているように見せかけて拘束《こうそく》している弓彦が、どれだけやわらかく笑っていても怒っているのは明白で、むしろ蔵名たちに対してにこやかに振る舞えば振る舞うほど、彼のことが恐ろしくなった。

生々しい、人の悪意に触れた後だったせいもあるだろう。なにもかもが悪いように動いているようにしか思えず、どうにでもなれとそんな、自暴自棄《じぼうじき》な気分に浸りきっていたのかもしれない。

「寝ててもいいよ」

彼の車に乗るのは二度目だったけれど、あの時感じた気まずさが、実際には高揚《こうよう》を覚えていた自分を知りたくないが故のものだったのだと、こちらを一瞥《いちべつ》だにしない弓彦の冷たい横顔を見て知った。

ずる休みに近い早退をしたことも、真面目な未来には後ろめたくてたまらないのに、弓彦の言葉に一切逆らえない。

さらう、などと告げられて頷《うなず》いた。それ以前に、煽《あお》ったのは自分だ。だから今更、どこへ行くともなにをするとも問えないまま、黙ってシートに沈んでいるしかできないのだけれど。

(なんでこんなことになったんだろう……)

ぴりぴりと張りつめた空気の痛みに、こっそりと唇を噛めば、泣いた後特有の熱っぽい呼気がつんと鼻の奥を刺激した。

激昂《げっこう》はおさまり、弓彦を怒らせてしまったことがひどく哀しいのだと、そうして気づかされる。

彼はただ、かばってくれようとしただけなのに、ひどいことを言って八つ当りして、一体何様のつもりだろうと思えば恥ずかしい。

「ゆみひこ」

「なに」

細い声で名を呼べば、自分でもいやになるほど媚《こ》びた、幼い響きになった。しかしその怯《おび》えた声に一切応えまいといった声音で問い返されれば、未来にはなにも言えなくなってしまう。

「とりあえず、俺のマンションに行くから。――言っておくけど、拒否権ないからね」

問うてくる内容は知っているとでも言いたげに、黙り込んだ未来へと淡々と告げた弓彦の表情は苦く歪《ゆが》み、彼自身にとってもあまり望まない展開であったことを知らしめる。

いつぞやのスムーズな運転と違い、少しだけ荒いドライビングで辿《たど》り着いたのは瀟洒《しょうしゃ》なマンションで、窓の外などよく見てはいなかったからここがどこなのか未来には見当もつかなかったが、ミリオン本社から時間的に見てさほど距離は離れていない。

街並みの雰囲気からいっても相当に高い部屋なのだろうなと、バカに現実的なことを考えていれば、助手席のドアが開かれる。

「降りて」

先ほども思ったけれど、笑いのない表情で真っ向から見据えてくる弓彦は、人を従わせるなにかを持っているようだった。本当はこのままとって返したいとさえ思うのに、ふらふらと言いなりになってしまう。

強く肩を抱かれて、セキュリティチェックのあるエントランスを通った。駐車場からずっと、エレベーターを待つ間も、弓彦の腕は未来の身体《からだ》を離れず、いくら平日の午後で人影がないとはいえ、他の住人もいるであろう空間で人に見られたらどうする気だろうと他人事《ひとごと》のように思う。

「手……」

「なに」

「見られたら……」

「だからなに」

取り付く島もない返答にまた胸が痛んで、きゅっと唇を噛めば咎《とが》めるように腕を強められた。

「いた……！」

ちょうど到着したエレベーターの中に人気《ひとけ》はなく、強引に引きずられて肩が痛めば、悲鳴をあげかけた唇を塞《ふさ》がれた。

「やめっ……人、来たら……！」

「こういうふうにしてほしいんじゃないの」

「なっ……！」

慌てて押し返せば、怖いような声で告げられる。かっとなって睨《にら》もうと視線をあげた先には、しかしむしろ哀しげに顔を歪めた弓彦がいて、なにも言えなくなった。

「う……っ」

そのまま、もう一度と近づいてくる彼を拒めない未来のそれに、すりあわせるように弓彦の肉厚の唇が重なった。両頬を手のひらに包まれ、長い髪に顔をくすぐられながら何度も吸われて、薄い皮膚が腫れぼったく感じる頃にエレベーターは目的の階に到着する。

ぽん、と軽い音を立ててドアが開かれるのと同時にほどけた口づけに、細く震える吐息が漏れた。

「こっち」

執拗《しつよう》だったそれにわななく未来とは対照的に、冷静すぎるような声で弓彦は告げ、また腕を取って歩き出す。フロアにはごくわずかな数のドアしか見えず、それだけに通路がひどく長く感じられた。

一足進むごとに膨れあがっていく鼓動《こどう》が身体を破裂させそうだと思った。怖くて竦《すく》む足に苛立つように促されるから、殆《ほとん》ど引きずられるようにして、一番奥まった部屋の前に連れていかれる。

「——や」

オートロックのそれを、弓彦の長い指が解除して、ドアが開いた瞬間、いやだと言いかけてしかし未来はそれを果たせなかった。

暗がりへと引きずり込むようにした弓彦が、乱暴にドアを閉めるなりまた唇を塞いだからだった。

「ン……っ、んっ、ゆ……!」

突き飛ばすようにドアに背中を押しつけられ、両手の自由を奪われた。噛みつくような口づけは痛くて、呼吸もなにもかもままならないまま未来をただ追いつめた。

「や、ゆみ……」

耳たぶをきつく噛まれながら、腰を抱かれて尻を揉まれた。苛立った風情の弓彦にも、その大きな手のひらにこもる力にも怯えた未来の声は、知らずまた涙混じりになっている。

「なんで、泣くの」

「なっ、なんで、って」

「俺にこうしろって言ったの、未来ちゃんでしょ」

違う、と言いたいけれど今更だった。こんなことをさせるまで弓彦を怒らせて追いつめたのも自分である以上、甘ったれた拒絶もできないまま未来はかぶりを振る。

抗いたくなくなったのは、長い髪の乱れた隙間から見つめてくる彼の瞳が痛ましいような色を浮かべていたからだ。乱暴な所作を見せるだけで、不本意さに哀しげになる、そんな彼をひどい男になんかしたくなかった。

このまま抵抗する自分を無理にどうにかすれば、きっと弓彦は後悔するのだろうことだけはわかっていた。

だから。

「逃げないの……？」

力なくだらりと腕を下ろした未来に、訝《いぶか》しむような声がかけられた。それがどこか、逃げてくれと言っているように聞こえるのは気のせいではないだろう。

そんなふうにやさしい弓彦のことが、好きだった。

とっくに、好きだったのだ。

ばかなことにこだわって、樋口《ひぐち》を、好きで「いなければいけない」ような気がして、分不相応にもこの弓彦を振り回すようなまねをしてきた自分がひどくいやらしいと思った。

（誘ってただけだ）

売り言葉に買い言葉、そんなふりをして、ただ抱いてほしかっただけなんじゃないかと、未来は自分を嗤《わら》った。

「――んね」

「え？」

ごめんね。

口の中で呟《つぶや》いたそれを聞き取れないと、怪訝《けげん》そうに眉を寄せた弓彦に、なんでもないと首を振る。

「本気……証明、するんじゃないの？」

あげく言い放ったのはそんな憎まれ口で、どうしようもないと未来は思うけれど、もう引っ込みのつかない言葉は上辺《うわべ》だけ強気を装った。

「それとも……やっぱりできない？」

身体中震わせて、そんな強がりがどこまで通じたのか、もはやわからないけれども、弓彦はその言葉に小さく舌打ちをして、きつく未来を抱き寄せる。

「バカだね」

そして、ぽつりと落とされた弓彦の言葉は、鋭く胸を突き刺したけれども、続く口づけの甘さに、今だけは酔ってしまいたかった。

靴を脱がされて、服を脱がされて、乱暴にベッドへ押し倒される間、奇妙に冴えた思考で未来は広すぎる部屋を眺めていた。

窓の外はまだ充分に明るく、居間だけで十五畳はありそうな部屋の採光のよさを知らしめる。

モノは少なく、シンプルなソファとローテーブルに、大きなAV機器が目立つ。連れ込まれた寝室は、その部屋だけで未来のアパートの数倍はありそうな広さだった。

「んっ」

むしるように服を脱がされる間も、口づけは忙《せわ》しなく訪れた。荒く剝がされるシャツに皮膚が擦れて痛くて、思わずあがった声にも頓着《とんちゃく》せず、下着も靴下も全て弓彦の指が取り去った。

エアコンさえ入れることもなくはじまったせいで、部屋の中はひんやりと肌寒かった。そそけ立った肌は冷たく、それだけに弓彦の手のひらの熱さが生々しかった。

「うー……っ」

一方的に全裸にされて、はおったブルゾンさえ脱ごうともしない弓彦に、なげやりだった未来にもさすがに羞恥《しゅうち》が沸く。開かされそうになる手足を必死で縮めていると、平坦《へいたん》な声が言った。

「脚、開いて」

「や……だ」

「やだじゃないよ。こういうふうにしろって言ったんでしょ」

突き放したような声に、びくりとしながらそれでも従えずにいると、腕尽くで両腕を開かされ、腿の上に乗られてしまった。

「ひゃ、あっ！」

きりきりと縛《いまし》めてくる腕の強さに骨が軋《きし》む。それ以上に、無防備な肌を眺め下ろされてしまう体勢が苦痛だ。

「細い、ね」

ため息混じりの声が、呆れているのか他の感情からのものなのかわからず、未来はいたたまれずにかぶりを振る。

「や……見る、な……！」

「なんで？」

しげしげと、薄い胸から頼りない腰、下生えに隠れきれないそこまでが弓彦の澄んだ瞳にさらされているかと思えばたまらなかった。

「みっと……も、ない……」

「なんでさ」

仰向いた体勢に、未来の貧弱な体型はよけいに強調されて、いっそいたいけなほどだった。

「ホントに壊しそう」

小さく笑った弓彦のそれに、バカにされたのかと思って頬が熱くなる。しかし、涙目で見あげた先の青年は、そっと両腕の拘束をほどいて荒い呼吸に上下する胸に触れてきた。

「あっ……！」

そろり、と撫でられて、驚きに硬直する。逃げようにも腰の上に乗られた体勢では不可能で、真っ直ぐに見つめてくる瞳に気づけば、今更腕を振りあげる気にもなれない。

（そんな顔……するから）

ずるい、と言いそうになって唇を噛む。なんでこの状況で、弓彦の方が請うような表情を浮かべるのかわからない。見つめあっていると、なにかとんでもないことまで口走りそうな気がして瞼《まぶた》を閉じ、顔を背《そむ》けた一瞬、視界の端に映る表情はさらに哀しげにさえ見えた。

「う」

そうして無言のまま、暖かい手のひらは震える胸をさするように触れてきた。肌触りを確かめるような指の先は、寒さと緊張に尖《とが》った先端に触れて、びくりと身体が弾む。

「ん、んっ……」

探るように何度か指の平でかすられて、小さなそれがますます尖った。ぷつりと粒のようになるまで転がされ、痛みに似た刺激が駆け抜ける。

「や……」

「感じるの」

シーツを握りしめ、その甘くいじめてくる指に悶《もだ》えそうな身体を堪《こら》えているのに、弓彦のあの低い声で耳元で囁《ささや》かれてしまえば腰が砕けそうだった。

身を屈めた彼からは、当たり前だけれども覚えのある香りが漂って、自分を慰《なぐさ》めるときに習慣じみてそれを嗅《か》いでしまうだけに、あっけなく高まりそうになってくる。

「ねえ……ここ。自分で触る？」

「!……や、しないっ」

もっと乱暴に、ひどいことをされると思ったのに、弓彦がそんなふうに振る舞ったのは結局ベッドに押し倒すまでの話だったようだ。

「嘘。ここ好きなんだ？」

敏感な反応に、微かに弓彦が笑った。知られた、という羞恥に染まる未来の表情は、否定する言葉を裏切って艶《なま》めかしく歪む。

「ちが……あっ」

これはこれでひどいとは思う。まるで観察するように上から眺めて、ただ両胸の小さなそれをひねったり押し潰したりするだけで、他の場所には一切触れようともしないまま、声とそこだけで未来をいたぶっているのだから。

触れられもしないまま、ぎりぎりで弓彦の腰に擦れそうな脚の間が切なくなりかけている。気づかないでほしいと願うけれど、そんな望みは叶えられるわけもない。

「違わないじゃない……ここ」

「あっ」

視線を下ろした弓彦は、揶揄《やゆ》に小さく唇を歪め、未来は頰が痛いほどに赤くなるのを感じた。

「もう、こんなで」

「あ——だ、だめ、さわっ……！」

制止の声音は途切れる。大きな手のひらが、まるで包むようにそこを捕らえてきたせいだった。

「——ッ」

うわんと耳鳴りがするような衝撃を感じて、未来は声もなく仰け反ってしまう。拙《つたな》い自分の手とも、かつて心ない大人に弄《もてあそ》ばれたときの不快感とも違う強烈なものが弓彦の手のひらから染みいるようで、今すぐにでも達してしまいそうだった。

「濡れた」

「いや……」

頰を舐《な》められて、小さな声で告げられて、全身が赤く染まった。やめて、と引っ搔くようにもがいたのに、揉み込むようにする弓彦の指は止まらない。

「はっ、や、やだ、ゆ……やっ」

「いやじゃないくせに」

腰動いてるよと吐息だけの声で囁かれ、ようやく気づいた未来はそこで身体を強《こわ》ばらせた。浅ましいと羞《は》じらったその隙を狙うように、弓彦は指の動きを早めてくる。

「あ、いや、……だっ、め、あ！……ああ！」

急激に促された放出に、気持ちは置き去りのままに達した。虚脱感に襲われた身体は重くて、こめかみが痛むほどに脈が速い。

「ふ……」

呆然と、痛いような刺激に負けた身体をスプリングのきいたベッドに沈ませていると、息も整わない唇に弓彦のそれが重なってくる。速い呼吸のために半開きだったそれにすぐ舌を含まされ、息苦しいと未来はもがいた。

「や……ぁう」

それでも、逃げる舌を追うようにされて、ついに捕らえられて嚙まれた瞬間には、もうそんなことのなにもかもが吹き飛んだ。

「う……んっ」

感じる、と思って、反射的に弓彦の舌を吸い、抗うために肩を摑んでいた腕が縋《すが》るためのものに変わる頃には、鼻に抜けるような甘い声が漏れていく。口の中を搔き回される音とその声が混ざると、どうしようもなく卑猥《ひわい》な気分になって腰が揺れて止まらなかった。

「ああ、あっんっ……」

荒っぽく喉を嚙まれて、そのまま這いずった唇が指に尖らされた胸に触れた。吸われて、肋骨まで撫であげるような愛撫に悲鳴がこぼれてしまう。

「いた……あっ、あっ……あぁ!」

指の痕が残るのではないかというくらいに筋肉のない、だからこそ少女のような薄い肉付きのそこを揉みあげられ、痛いと訴えたのに弓彦はやめなかった。

「いいって言ったよね?」

「はふっ……」

「好きにしろって、言ったね?　こういうことだよ?」

言質《げんち》を振りかざし、曲げさせた膝を大きく割ったその向こうから、弓彦が獰猛《どうもう》に笑う。

冷たい声だった。聞いたことのないようなそれに怯えながらも、やけくそ混じりで言い放ったそれをもう撤回する気にはなれなかったから、未来は力なく頷く。

「い――……よ……」

なによりいやなのは、厭《いと》わしいのは弓彦ではない。男の手に抗えない自分だった。

振りこぼれる長い髪の隙間から、眇《すが》めた目に見つめられ、それだけで脚の間が硬くこごって、どろりとした重く熱いものが下腹に満ちている。

「すきに、し……しても」

なげやりに言って、それでも、なにをされるのかを見ている勇気はないまま目を閉じれば、身体をさらに広げられる。内腿の薄い皮膚にさらさらとした髪が擦り付けられ、ちくりと痛んだのは鬱血《うっけつ》するほどに吸われたのだと、後になってから未来は知った。

「あっ」

ただ、今は、一度達して汚れたままの性器に絡んだ、ぬらりとする感触がなんなのか、考えることもできないまま、細い腰を揺すってしまう。

「ああ、ああぅ、……んん！」

生暖かい空間に包み込まれ、時折に当たる硬く尖った感触と、生き物のようにその周りを蠢《うごめ》くものがなんなのか、認識してしまえばきっと羞恥で暴れてしまうと思った。だから必死で硬く目を瞑《つむ》って、シーツを鷲掴んだまま快感に耐えていたのに。

「こっち、見て」

「やっ……ん」

「いやじゃない、見て。俺が、どんなふうにしてるのか、ちゃんと見て」

強く、抗えないような声が熱っぽく命令を下してきて、潤んでこぼれそうな瞳をおずおずと未来は開いた。

「っひ」

視界に入ってきたその光景は、暴力的なまでに刺激が強かった。折り曲げた脚を抱え込んだ弓彦は、見せつけるように乱れた髪をかきあげ、未来のそれを舐めずっている。

「あ、……っあ、あァ、あっん、あああんっ！」

認識した途端、目の前がハレーションを起こした。同時に、意識しないままの嬌声《きょうせい》は喉奥からこぼれ落ちて、肘をついて上体を起こした未来の腰がうねるように揺れた。

「感じた？　見てる方がすごくない……？」

「っんー、んん、や、ぁ……舐めないで、なめ、ないでっ」

くわえたままからかうように告げられて、気持ちは逃げたいのに身体は弓彦の愛撫を求めて捩《よじ》れるだけだ。

「嘘つき。またこんなにして」

「ひあっ！」

膨れあがったそれを教えるように、強く摑まれ根本からしごかれて、未来の身体はベッドの上で跳ねるようにひきつった。空を蹴るように悶えた細い脚を折り畳まれ、さらに開くようにされて、内腿の薄い皮膚に盛りあがった筋を啄《ついば》むようにされる。

「だ……め」

その間も、さらさらと振りこぼれる髪が敏感な部分をかすめてむずがゆく、ひとりでに跳ねあがる腰が恥ずかしかった。

「だめ、だめっ……あ、あっ」

言葉と裏腹にもっとどうにかしてほしいとねだっているその動きが、どうして止められないのかと情けなくもなって、堪えるように唇を塞いだ手の甲を嚙む。

「ふ……っく」

そうしながら、わななくもう一方の手のひらで、弓彦の顔を覆《おお》う髪をどうにか払おうと懸命になった未来に、なあに、と意地悪く彼は問いかけてきた。

「どうしたの」

「髪」

汚れるから、と告げたそれはひきつって、弓彦に届いたのかどうかも怪しかった。それでも、彼のきれいな髪が自分のそれで穢《よご》れるのは耐えきれないと思った。

「よごれちゃ……っ、からっ」

おぼつかない所作に、ふと弓彦は不思議な表情で笑った。曖昧《あいまい》で、泣きたいのか笑いたいのか判別のしがたいそれを浮かべた後に、今更だよとさらに顔を押しつけてくる。

「ひぁ！」

「もう、今更。俺の顔、未来ちゃんのあれでべとべとだから」

「や……っや、言う、な……ぁ！」

喉奥で笑って露悪的な台詞《せりふ》を吐きながら、わざと音を立ててすすられた。先端から吸い出されるような感覚に耐えかねて、泣きながら身悶える未来のそれを口に含んだまま、弓彦はその根本から丸い尻へと指を何度も滑らせる。

「ああ、ああうっ」

途切れることのない強い刺激に、おかしくなってしまいそうだった。次第にどこを触られているのかさえもわからなくなり、鷲掴むようにされた薄い胸の肉も、震え続けては緊張と弛緩《しかん》を繰り返す脚も、ただ一点に向かって甘く狂おしい信号を送るだけになっていたのだが。

「――ッ、いぁ!!」

「痛い……？」

入り口をこねるようにしていた指が、その場所に差し込まれた瞬間に、未来は冷水を浴びせられた気分になった。

「な、なに、なっ」

「なにって……指」

けろりと言った弓彦に眩暈《めまい》がする。なにか塗《ぬ》ってでもいるのだろう、ぬめりを増した指はその先端を容易に未来の中へと侵入させ、拒もうと閉じるはずの筋肉は長引かされた快楽に麻痺しきっていて役に立たなかった。

「あ——…ああ、いやあ……！」

痛みよりも驚愕《きょうがく》が勝り、呆然と目を見開く未来の顔を決して見ないまま、弓彦は慎重に指を運びながら、言った。

「できるのか、って言ったね」

「ふ、……あ、やめ……っやめて」

荒い息を無理に押さえ込んだような呼気が腹部に当たり、腰骨の上に何度も口づけられる。

「できるできないどころじゃないよ……こんなこと」

「あっ！」

「頭でどうこう思って、考えてるだけのレベルじゃない」

わかる？　と指を動かされ、未来はもう声さえも出なかった。圧迫感はすさまじく、今になって自分がどれほど、この行為を甘く見ていたかを思い知らされる。

不潔だと思い、吐きそうだとも感じた。それはそんなことを仕掛けてきた弓彦の行為ではなく、自分自身の体内についてだった。

「狭いよね。苦しそうだし。でも俺……したかったよこれ」

「ゆみ……っ、や、め……」

力強くきれいなラインの弓彦の指先、それを、自分の身体の中で最も汚い部分に触れさせることが我慢できなかった。けれど、どんなにもがいても弓彦はそれをやめてはくれなくて。

「お尻……ねえ。指一本でこんななのに、掻《か》き混ぜて、……犯したい」

「ひ……い、や——っあ！　あ！」

あまつさえ、直截《ちょくせつ》で卑猥な言葉通りぐるぐると中で指を回されて、こねられて、未来は恐慌状態に陥《おちい》った。

他人の身体の一部が自分の中に入るということが、これほどまでの恐怖心を煽るとは思わなかった。そして、忍んでくる指に痛みだけがあるのならまだ、耐えられたと思うのに。

「感じるんだ、やっぱ」

「い、やっ」

濡れそぼった性器は今にも弾けそうで、それが内部にある指の微妙な動きからもたらされることを知ってしまったのが、なによりも怖い。ある場所を擦られると、繋《つな》がっているのだろうか、未熟な印象のある未来のそれが熱く強ばって濡れていく。

「っび……きたな……よ」

こんなことを、弓彦のきれいな指にさせてはいけないと思うのに、彼を知った粘膜は綻《ほころ》びていく。緩んで、甘く蕩《とろ》け、もっと寄越せと言うように、蠢きはじめてしまうからさらに怯えた。

「だめ、弓彦、だめ……っやめ……やめって、あっ！」

「やめない」

お願いだからと彼の手首を摑んで、引き剝がそうとする動きに弓彦が逆らう。未来の腕をまといつかせたまま抜き差しする動きが、どうしようもなく猥褻《わいせつ》で、そんなことにまで官能は高められていく。

「いや、あ、いっ……」

「いくの？　ここでイク？　ね……？」

つい、と曲げた指でつつかれた瞬間、失禁しそうなほどの射精感《しゃせいかん》が高まった。瞬間的に、放置されたままだった自分の性器を握りしめて、しかし結局はその刺激にさえ未来は泣き声をあげた。

「きもちい？　未来……」

「あ、い……っ、イイ……っあー……！」

耳たぶをくわえられて、弾む胸の上を強く揉み込まれ、もうずいぶん自由に動く指は勝手に濡れたようなそこを音を立てて掻き回してくる。

「あっ……あ、いっちゃう……いっちゃうっ、から、やめてっ！」

やめるってどこを、と胸の赤さを噛みながら、未来の指ごと震えたそれを握りしめ、弓彦は追い込みをかけてくる。

「お尻？　ここ？……どこやめてほしい？　どっち、気持ちいいの」

「あっ、も、……わかん、な」

ぜんぶいい、と呂律《ろれつ》の回らない声で答える頃には、弓彦の愛撫にあわせて腰が回っていた。

恥ずかしさはぼやけた脳の奥にもまだあったけれど、その羞恥さえも身体を火照《ほて》らせて、もっと欲しいと収縮をはじめた粘膜をどんどん開いていく。

「あ、あ、……あ！　あっ、んあぁ！」

二本目の指が挿入《そうにゅう》されたと感じた瞬間、ぞっとするほどの快感が襲ってきて、弓彦の肩に縋り付いたまま未来は達した。間欠《かんけつ》的に吹きあげる体液が出尽くすまで、長い指はそれを擦りあげ、中を緩やかに掻く方の手も止まることはなかった。

「ふぁ……」

もう力が入らずに弓彦に縋った指をほどけば、かくり、とことぎれたように力を失った身体は、どこか深いところに沈んでいくような気さえした。目の前が真っ暗になり、全身から汗がどっと噴き出してくるのと同時に耳鳴りがする。

「っく、ひ……っ」

涙に霞《かす》んだ視界にも、未来の精液でべたべたに汚れた弓彦のシャツとブルゾンが見えた。

認めた瞬間、もう身体中の体液がひからびたような気分なのに、涙だけは出てくるからいっそ可笑《おか》しくなる。

「未来ちゃん」

「うー……っ……！」

そっと気遣うようにかけられた声に、この行為の終わりを未来は教えられる。嗚咽《おえつ》はひどくなり、まるで子供のようにしゃくりあげながら、惨《みじ》めさに浸っている身体を包むように抱かれて切なくなった。

「な……ん、しな……っ、しないのっ」

結局、弓彦はその上着すら脱ぐこともなかった。一方的に乱されて、みっともないところだけ見られた悔しさと、これ以上はないという安堵との綯《な》い交《ま》ぜになった気分で、未来は子供のように身を縮める。

「したいよ」

「う……そつき、うそ、つきっ」

「嘘じゃない。さっきまで、そのつもりだった。無理にでもやろうと思って、でも」

言葉を切り、ぎゅうっと強く抱きしめられて、胸の奥のじくじくとした痛みはなお強くなる。

「フェアじゃない」

「っにがっなにがフェアって、だって」

八つ当たりも、唆《そそのか》したのも未来で、本当は、抱いてほしがっているのも自分なのに、なにが一体フェアじゃないというのか。

第一、あんなことまでしておいて、今更と泣き濡れたまま睨《ね》め付ければ、意気地なしって言っていいよと弓彦は弱く微笑《ほほえ》み、告げた。

「俺、……本当に好きだよ」

「ゆみ……」

細めた瞳にはいつもの、あのやわらかい色合いが浮かんでいて、胸が痛いのにほっとする。

「本当に、もうずっと……好きなんだ。それで……俺のこと、好きになってほしいし……」

だからこんなふうに泣かれてまで、したくないと彼は言う。吐息混じりのその声と抱擁《ほうよう》に、爪先まで疼痛《とうつう》が駆け抜けるような甘さを堪えて、未来はぐずった。

「やめて、くんなかったくせに」

「ごめん」

ちょっといじめたかった、とふざけた声で頬をすり寄せられて、それが精一杯の弓彦の譲《じょう》歩《ほ》だとわかった。

「ゆ、……ゆび、入れた、くせに」

「ごめん。でも、それは未来ちゃんも悪いでしょ？　男のジュンジョー踏みにじるようなこ

やる。

それだけでもう全部許しそうになりながら、せめてもとその長い髪を思い切り引っ張って
と言ったから」

「純情が聞いて呆れるっ」

「いたたたっ……！　やめて禿《は》げる！」

むしってやる、と言いながら、その髪を引いた指の先が小刻みに震えていた。痛いと顔を歪めて、それでも笑ってくれる弓彦に、また泣いてしまいそうなほどの嬉しさを覚えた。

謝らなければいけないのは未来の方なのに、それでも譲ってくれた年下の青年に、心の中で何度もごめんねと告げた。

密着した体勢で、腰に当たる熱などとうにわかっていて、指に掻き回されたそこが疼《うず》くような気分でいるのも本当で。

（でも）

もう今は頭がぐちゃぐちゃで、弓彦が言うようにきっと、性急に身体だけ繋げてしまえば、未来は確かに壊れてしまうかもしれないとも思う。

少し冷静になった頭を弓彦の胸にもたせかけると、彼のコロンと自分の匂いが入り混じったものが鼻先をかすめ、いたたまれなくなりながらもふと思った。

（結局……あれ誰なんだろう……）

樋口に傷つけられたことは、受けた行為の強烈さにどこか麻痺したのか、痛みは既に霧散《むさん》してしまって、ただ純粋な疑念だけが沸きあがってくる。

おぼろな、あの面影が浮かびあがり、けれどそれは今し方嗅覚で捉えた生々しいほどのそれに打ち消されてしまう。

「眠い？」

「疲れた……」

泣き腫らした瞼が熱くて、開けているのが億劫《おっくう》になれば、睫毛《まつげ》をそっとかすめるように呼気が触れた。羽根で撫でられたような感触に少し震えて、しかし睡魔の誘惑は強く、包み込まれた腕の中で未来はとろとろと微睡《まどろ》みそうになる。

「こうまで安心されてるのも、なんだかなあ……」

嬉しいんだかなんだか、とぼやいた声が聞こえた気がしたけれど、もう返事もできなかった。

おやすみと囁く声が記憶のなにかを刺激したけれども、疲弊しきった神経と身体は休息を欲していて。

大事なものを見失いそうな、すぐそばにあるのに気づかないでいるような、そんな不思議な気分を追求する前に、未来の意識は完全に眠りの中に引き込まれていった。

そろそろボーナスの査定もはじまろうかという時期が近づけば、会社はにわかに活気づく。半期の成績がふるわなかったものはなんとか心証でカバーしようと励み、また決算も近づくため、営業などは数字合わせにどうにか契約を取り付けようとするのだ。

デパートのバーゲン前に、店舗でそれぞれ値引き商戦のための企画が立ちあがり、モノを寄越せだの価格は下げすぎだのかまびすしい。

殺気立つ営業に、来年度の予算組みのためにも早く企画書を寄越せとせっつかれ、煽りを食って未来もばたばたと走り回る日々が続いた。

最近では真砂《まさご》の荷物持ち兼アシスタントとして外を回ることも増えたため、お茶くみは未来の定番ではなくなりつつあった。残業も増え、忙しくてひどく疲れはするけれども、仕事をしたという充実感を得られる喜びの方が未来には大きかった。

＊　＊　＊

週末に当たる今日は、普段よりさらに営業会議が長引いていた。指示された仕事は終わっていたが定時を過ぎても戻らない真砂を待っていると、おつかれさんと蔵名にコーヒーを差し出された。

「あ、ありがとうございます」

先輩にやらせてしまったと恐縮した未来は、自販機のインスタントだから気にしないでと笑われた。

「未来がいるとちゃんとさあ、茶っぱから出したお茶になるんだけど、あたし淹《い》れるとマズイじゃん？　ここんとこみんなすさみ気味よ」

笑いつつ、紙コップに口を付けた彼女に肩を竦め、ちゃんとしますと告げれば、なに言ってるのと頭を叩かれた。

「いいのよ、茶ーなんか誰が淹れたっていいんだから。ちゃんとしてるのは今の方でしょ」

「だと、いいんですけど」

頑張ってるじゃない、と最近ようやく任されるようになった企画書の下案を指先で弾かれ、えへへと未来は笑った。

このところ、彼女らの自分への呼称が「未来」で定着してきているのは知っていた。ちゃん付けや愛称も、オフタイムになれば現れないこともないけれど、仕事中にふざけてからかわれることも減ってきた。

それなりに、認めてもらえたのだろうかと嬉しくもあり、また身勝手にもかまわれないことに少しの寂しさも感じる。

未来ちゃん、と呼ばれなくなるのがひどく寂しいのは、そしてあの彼のせいだろうとは思う。

(元気、かな)

弓彦は、近頃あまり姿を見かけなくなった。

あの出来事から一ヶ月ほどが経過して、忙しさに紛れてはいるけれども、あまりにもショッキングだったあの一件は、いまだ生々しく未来を捕らえている。

八つ当たりの末に泣き疲れて眠った翌朝、未来はおそらく彼のものとおぼしきパジャマを着せられていた。

ベッドの上には未来ひとりで、汚れたはずのシーツその他もきれいにされていて、いたたまれないと思うより先に遅刻だとわめかれて跳ね起きた。

（ごめん、もちょっと早く起こすつもりだったんだけど）

とにかく食ってと、トーストにコーヒーだけの朝食をつめ込まれ、彼の車で送られて出社したあの朝、結局まともな会話らしいものはなにもなかった。

そして、それっきり、なのだ。姿を見せなくなった弓彦のことが気にかかってはいたものの、元より彼はまだこの会社の社員ではない。

「若も忙しいみたいだしねえ」

学生というのも、テストだレポートだと案外に忙しいものだからと、蔵名はなぜか宥《なだ》めるような声を出した。

「べ、……別に気にしてなんか」

「そーお？　若がかまってくんないから、寂しいのかなっと思ったんだけど」

内心ではぎくりとしながらも、未来は素っ気ない声をつくろう。

「寂しくなんか、ないですよ」

「んなら、いんだけどさ」

すんなりとした脚を深くスリットの入ったスカートの中で組み、女をあまり感じさせないさばけた蔵名の、思いがけない色気にどきりとする。

「女まみれじゃん？　ここ。で、まあ。アンタそれでも気にしないからやってけてるけど、時々窮屈《きゅうくつ》かなあって思って」

「えっ？」

しかし、脚線美をさらした蔵名はまったくの無頓着で、当たり前だが男扱いされていないことに苦笑しそうになった未来は、その発言に却って驚いた。

「部署の立ちあげからさあ、ここ、女の割合多かったのよね。で、新人も女しかいつかないのよ。なんかねえ、男社会に女って入っていけちゃうけど、逆って難しいみたいじゃん」

「あ……そうかもしれないですねえ」

自分自身、馴染《なじ》むまでには戸惑ったものだと頷いた未来は、しかし蔵名のしみじみした声に驚く。

「未来の前にもいたのよね、ホントは。でも入社してすぐ、転属願い出して、営業いったわ」

そんな人いたんですか、と未来が目を丸くした。てっきり、ことの起こりからずっと女性だけの部署だと思い込んでいたのだ。

「だーれだと思う？」

「え……わかんないです、そんなの」

ミリオンは本社だけでも百名を越える社員がいる。企画部やデザイン部のブレーン的部署はともかく、営業面では相当の人数を抱え込んでいるから、見当などつくはずもない。

わかりません、と首を振れば、蔵名は重大なことでも打ち明けるように声をひそめた。

「グッチ」

「ええ!?」

案の定の反応に満足したように、蔵名は頷く。

「マジよ。ここさ、死にかけ部署だったのに、社長のキモ入りで真砂さん導入して稼働したとこなのは知ってるでしょ？　で、営業からも新しいの入れとけって言われて来たのがあいつなんだけど、チーフと正面激突して」

どかーん、と手を広げるアクションをした蔵名は、面白そうに笑った。

「多いんだよねえ、最近は、口ではなんでもできます完璧です、って自信満々で、そのくせ実務やらせりゃ、書類ひとつまともにコピー取れないバカ」

グッチなんか典型だったわよと、からからと彼女は笑った。

「あいつ、知ってた？　会社入るまでまともにパソコンも使えなかったのよ？　そのくせ打ち合わせには出たがる、企画書類は自分の名前を入れたがる、偉ぶってあたしのことコピーだのお茶くみに使おうとはする」

「蔵名さんを」

「そこ反復強調しなくていいから。で、言わせてもらえればこっちの方が先輩だし、あたし一応中途だけど、キャリア買われての採用なわけさ。自分で言うのヤラシイからアレなんだけど」

真砂にしても七浜《ななはま》にしても、実はこの企画部の個性豊かな面々は、有名大学の出身者ばかりだ。七浜に至ってはどこぞで修士号を取ったという話も聞いている。

「大卒のぺーぺーに言われる筋合いはないわよって感じでね、もう一触即発《いっしょくそくはつ》の勢いで。真砂チーフが『もうアレいらない』っておっぽりだしたの」

「ふああ」

イメージと実像のギャップにくらくらしつつ聞いていた未来だったが、まあそれでもあの傲慢《ごうまん》な性格は営業には一応向いていたようねと、フォローにならないフォローを蔵名はつけたした。

「顔だけはいいじゃん、グッチ。プレゼンの時は重宝《ちょうほう》すんのよ。やっぱイメージは大事だし、頭の中身なくたって、企画書読みあげりゃおっけーってな具合にしとけばアレでも使えなくないし。ただ、おかげでいまだに営業部長には、うちら睨まれてるけどねー」

「なんでですか？」

なんだか話が見えているような気もしたが、思わせぶりな言い方に思わず問えば。

「決まってんじゃない。協調性もなく実務能力もない出世欲と顔だけの男、押しつけたからよ。まあそれでも部長の腕がいいから、あのアホタレでもどうにか仕事できてるけどね」

いっそ気持ちいいほどにばさばさと切って捨てた蔵名に、もはや未来は言葉もなかった。

「ようやく、納得した感じね」

「え？」

呆然としていれば、二年越しの事実を今更突き付けたことに、蔵名は笑いながら言った。

「ちょっと前までの樋口フリークだった未来なら、こんな話聞いても、信じなかったでしょ？」

「そんなことは……」

ない、とは言い切れず口ごもれば、まあいいわ、と蔵名の細い指が未来の髪を掻き混ぜる。

「あたしらはさ、あんたが可愛いのよ。チーフに過保護だって怒られるくらい。でも、右も左もわかんなくて、仕事もできなくてへこんでる後輩がさあ、いっこくらい楽しみあるんならそんでもいいかなーってあたしは思ったの」

「蔵名さん」

「もうこういう年にもなるとさ、女子高生のごとき未来の態度は微笑ましくてね」

そう思わせるのも美点のひとつよと、姉御肌を自覚する彼女はやさしい目をした。

「大事にしなさい、未来。あんたのかわいげと真面目さは、認められるべきところだとあたしは思うから。半端な才能と押し出しで粋《いき》がってるバカより、組織の中には必要な人材なんだから」

包むような甘い声に、不覚にも、目頭が熱くなりそうになった。そんなふうに思ってくれた人がひとりでもいることに、気づかないまま卑屈になりそうだった自分が恥ずかしいとも思う。

「だからっつって、それはやるべきことやっての上のことだからね？」

「はい」

可愛いだけじゃだめなのよと、照れ隠しのように釘を刺した蔵名に笑うと、じゃあ恥ずかしい話はおしまい、と彼女は腰をあげる。計ったかのようなタイミングで、ドアが開いたのはその瞬間だった。

「なに、あんたたちまだいたの」

「あらん、チーフお疲れさまでっす」

お疲れもお疲れよ、と言いながら一抱えはある分厚いファイル数冊を手にした真砂に、未来は慌てて駆け寄り、受け取った。

「こんなにあるなら、呼んでくれてよかったのに」

「抜かったわ……いると思ってなかったのよ」

一応は男手なんですからと未来が言えば、今度から内線で確認するわと細腕を揉んだ真砂は苦笑した。

「で、なんですかこれ」

「いよいよHP稼働の話が大詰めにきてててね、創立以来のデザインの歴史とやらを総括したページを作るらしいのよ。その資料写真！」

「え、そんなのLANで落とせばいいんじゃ？」

ご多分に洩《も》れず、商材管理データはパソコンに落とし込まれている。その中には各商品の写真もあったはずだと首を傾《かし》げれば、それは近年のものしかないのだと真砂はこめかみを揉んだ。

「デッドストックやら十年以上前の商材なんか、流通するわけないからあのシステムに入ってないのよ。おまけにここしばらくのも、整理用のディスクに入ってる写真のは、そっけないからダメなんですってよあのクソ社長っ」

きいっとなった真砂に、蔵名も未来もいやな予感を覚えて顎《あご》を引けば、案の定胡乱《うろん》な視線で彼女は言った。

「ってなわけで、しばらくはこのデータの整理に入ってもらうわ、未来」

「これ全部ですかあ……？」

「これだけじゃないわよ、雑誌社に版権のあるポジフィルムの使用許可を取って、そっちも検分するからね。これはとりあえず社長室にあった分」

ばこん、という音を立てて開かれたポジと写真のつまったファイルはもう変色してよれかかっており、長いこと店晒《たなざら》しになっていたことがうかがえた。

「社長室の……だけで……」

「勿論資料室の分は触ってもいないわよ私は」

やけのような笑みを浮かべた真砂に拒否権はないと告げられ、とほほと眉を下げた未来は、十数冊のファイルを眺めるうちに、一冊だけ異質なものが紛れているのに気がついた。

「あのこれ、違うんじゃないですか？」

「うん？」

どれどれ、と蔵名がその山を崩しながら取り出せば、それは布張りケースに入った上製本だった。

「あれ、なにこれ卒業アルバムじゃない」

表紙に当たる表面に型押しされていたのは、進学校で有名な高校の校章とその名前、卒業年度だった。

「二年前のかな？　ということは……あ、なによこれ若の卒業アルバムじゃん！」

「ええ？」

「社長……親バカも大概にしろって感じ……っていうかそんなもん資料に混ぜるなっ」

ああ一冊分重いの損した、と呻《うめ》く真砂をよそに、見ちゃえ、と蔵名はその中身を取り出そうとする。未来は、少しだけ狼狽《うろた》えた。

「え、い、いいんですか」

「いいもなにも。別に怪しいものじゃないし、こんなもん全卒業生に配布されるんだし」

でも他人のアルバムを勝手に見るのは、と躊躇《ためら》っていれば、嬉々とした蔵名はどんどんページをめくってしまう。真砂もやけになったのか、横からそれを覗《のぞ》き込んだ。

「ふーん、こういうのって、若い子のでも目新しくないもんだわねえ」

「そりゃ、編纂《へんさん》する業者は長年使ってるとこのままなんでしょ。っちゅーかチーフ、若い子って言うのやめましょうよ、老け込みますよ」

「よけいなお世話よ……ああ、でも制服が可愛いわね、やっぱここは」

レイアウトが悪いのなんのと難癖《なんくせ》をつけつつ、ふたりが面白がっている様子なのは会話からうかがえた。未来はといえば止めた手前、見たいとも言い出せずなんとなく会話に入りそびれていたのだが。

「おお！　若の髪が黒い！　しかも短い！」

蔵名の声に、思わずそわそわとなってしまうのだけは、いかんともしがたかった。

「そうそうこんなだったわ、そういえば。若い割に肩がしっかりしてるから、ブレザーがかちっと似合うのよね、若」

「あははは、べっつじん。可愛いわね。見てみ、未来、ほら」

差し出され、好奇心に負けてクラスの様子をコラージュのように並べたページを見た瞬間、未来は息を呑んだ。

「これ」

やはり目立つ存在だったのだろう、モノクロとカラーの入り混じった中、一際大きく取りあげられている写真に、ブレザータイプの制服をまとった弓彦が、誰かと笑いあい会話をしている様子が写し取られていた。

「この制服……」

そして、呆然と未来はその写真を眺めるしかなく、瞬きを忘れた瞳が痛いと感じた。

「五年前だかに制服変わったのよね。いかにもへろへろしたブレザーじゃなくて、生地もしっかりしたの使ってるわ」

「襟《えり》も幅広だし、ちょっとシングルスーツっぽいデザインですよね」

「狙ったらしいわよ、品よくなるよう、着崩しにくいデザインで、って」

笑う表情は、未来の知る弓彦のそれよりほんの少し幼い雰囲気があった。前髪をさらりと撫でつけた、短く刈った髪は、黒々とした艶がある。

「どしたの未来？」

ふと、様子のおかしな未来に気づいたらしい真砂に、未来は音の立つような勢いで顔をあげた。

「真砂さん、あの、あの……弓彦って」

「な、なに？」

「あの、この頃からバイトにきてたり……してましたかっ⁉」

剣幕《けんまく》に押されたように一瞬たじろいだ彼女は、きてないわよ、と答えた。一瞬、高揚した気分が萎《な》えるような感覚に陥った未来は、しかし続く言葉にさらに目を瞠《みは》る。

「ただ、ちょこちょこ顔は出しにきてたかなあ、社長に呼び出されて……ああ」

そういえば、と真砂は懐かしいような表情で眼鏡《めがね》のフレームを中指で押した。

「あの、例の面接の時、端っこで見学させられて、ふてくされてたのよねえ」

「！」

唇が震えた。そして、瞬時に頬に上ってくる熱い血を感じて、未来はたまらなくなる。

「って、未来⁉」

「ごめんなさい……帰ります！」

失礼します、と告げるなり飛び出していく未来に、驚いたような声がかけられたが、かまっている場合ではなかった。

（スーツじゃなかった）

そのままうさまじい勢いで社屋を駆け抜け、タイムカードを突っ込んだのはもはや習慣のなせる技でしかなかっただろう。

（制服だったんだ）

さわやかそうな短い髪、広い肩幅にまとったダークグレーのジャケット、そしてなにより、同じ香りの。

（なんでわかんなかったんだろう……！）

弓彦だ。弓彦だった。

二年前、そして今も未来をずっと、支えて、助けてくれたのは常に彼だった。困ったときに絶対あの、童話や夢の中にだけ住まう魔法使いのような青年は、現れてくれた。

やさしい気配も声も、思えばどこかしらいつも、懐かしさを覚えさせてどうしようもなく惹かれていたくせに、勝手な思いこみが邪魔をして、自分ひとりで事態をややこしくしていたのだと、未来は走りながら臍《ほぞ》を噛《か》む。

「あ……」

会社を飛び出せば、周囲はとっぷりとくれた夕闇の中だった。おまけに、ロッカールームに荷物もコートも置いてきてしまったことに気づいたのは、あがった息が夜の空気に真っ白にこごってからで、慌てふためいた自分がたまらなく恥ずかしかった。

衝動的に走り出して、しかし未来は途方にくれた。弓彦に会いたくて、今すぐに会いたくて出てきたけれども、あてなどまるで、ありはしないのだ。

「どこに行けばいいんだろう」

財布だけはどうにかポケットにあるから、帰れなくはない。けれど、こんな気分のまま帰宅する気にはなれなかったし、車で一度連れていかれた彼のマンションも、あの日は外を見る余裕もなくずっと俯《うつむ》いたままいたから所在地さえ定かでないのだ。

「どうしよう……」

そうでなくても、いるかいないかもわからない部屋を訪れたところで、無駄足になる可能性もある。第一、その場所がわかったからといって、のこのこ訪ねていってどうするのかと思った。

「どう、しよう」

もうあれから一ヶ月も経って、その間一度の連絡さえもくれない弓彦が、もしももう未来に愛想をつかしていたら、迷惑なだけでしかない。

ただ無為な行動に終わるだけならともかく、いきなりの来訪に疎《うと》ましがられたらと思えば身が竦んで、未来はその場に立ちつくした。

襟を立て、あるいは身を縮めて足早に通りすぎる人々は、薄着のまま立ち竦む未来のことなど見えていないかのようだった。ひどい無関心に晒され、襲ってくる孤独を奥の歯で嚙みしめる。

（弓彦）

深く呼吸をすると、冷えた空気に肺が痛んだ。どきどきと、駆け出したせいだけでなく心臓は踊ってしまって、身体中寒くて痛くてたまらない。

冬枯れの街路樹が痛々しい夜の道の真ん中で立ちつくして、未来は泣いてしまいそうな気分をただ必死に堪えていた。

いつだって、与えられたものに応えるのが精一杯で、自分からなにかを起こしたことなどろくになかったから、こんな時に、どちらに向いて歩き出せばいいのかわからない。

自分が情けなくて、それでもどうすればいいのかわからなくて、哀しくなってくるけれど。

「会いたい、よぉ……」

白い息混じりに、泣いてしまいそう、と思いながら呟いた言葉だけが本心で、唇を噛んだ未来は、途方にくれている場合じゃないと自分に言い聞かせた。

わからなければ、調べればいい。弓彦は夢の中の存在ではなく、自分の勤める会社の関係者なのだから、手をこまねいているだけでなく、自分でちゃんと。

「まず真砂さんに、聞いて……蔵名さんでも」

真砂と弓彦の姉の千瀬《ちせ》は仲がよかったというから、電話番号くらいは知っているかもしれない。おそらく社長名義であろうあの弓彦のマンションも、知っているかもしれない。

今日がだめでも、明日でも。でもできるなら、早いうちに。

「とりあえず……戻ろう」

最初の一歩として、未来は元来た道を引き返すことにした。

迷路で迷ったときにはまず、引き返せという鉄則があるとなにかの本で読んだことを思い出し、今の自分とぴったりだと思えば少し可笑しくなる。

薄いシャツにセーターだけで立ち竦んでいた身体が冷え切って、吐く息もあまり白くなくなり、たった少しの距離を歩くのもぴりぴりと皮膚が痛んだ。

そして、植え込みの角を曲がってエントランスにそろそろ辿り着くか、という距離にきたとき、後ろから聞こえたクラクションにどきりとする。

「んな」

まさか、と振り返れば、緩やかな滑るような動きで、見覚えのあるショートボディのそれが停車した。静かに下がっていくウインドーに、心臓が破裂しそうで、それでも目を離せずにいれば、やがてさらりとした、明るい色の髪が街灯の光を浴びて鮮やかに現れる。

「未来ちゃん、なにそんな薄着で!?」

「あ……」

ウインドーから覗いた弓彦は開口一番告げるなり、急《せ》いた所作で車から飛び降りてくる。

小走りに近寄ってくる長い脚の持ち主に、未来は竦んだような身体が焦れったいと思った。

「どうしたの、コート忘れた？」

探そうと思ったのに。

「も……なんで……」

自分から会いにいこうと思ったのに。

嬉しいやら悔しいやらで頭はもう真っ白で、泣き出しそうに歪んだ顔を、心配げに見つめてくる弓彦の前にさらすのもいやで、未来は結局、俯いてしまう。

「また、……なにかあった？」

その態度に誤解したのか、目の前に立った弓彦はそっと背を曲げ、覗き込むように視線をあわせてきた。違う、と首を振って、けれどこれでは伝わるまいと必死に言葉を探すのに、焦れば焦るほど唇は凍り付いていく。

「まだ……俺に会いたくなかった、かなあ」

「！……ちがっ」

長い沈黙をどう解釈したのか、弓彦は少し曇った声で言った。慌てて顔をあげれば、ふわりと暖かいものが首にかけられる。

「言いたくなきゃ、いいし。まだ顔見たくないなら、退散するから、これだけ巻いて」

棒立ちの未来の首に、軽くて暖かいマフラーを巻いた弓彦は、そう言ってやさしく笑った。

その微笑みに、凍っていた唇が震えながらほどけて、未来は今まで自分が呼吸も忘れていたことを知る。

「弓彦」

じゃあ、と去っていきそうな彼のフリースの袖口を摑んで、待って、と瞳で必死に訴えた。

「あの、あの……探そうと思って！」

「うん？」

なにから言えばいいのかわからず、それでも黙ったままで誤解されるのは耐えがたいと、未来は拙《つたな》い言葉を綴《つづ》る。

「さっき、さっき二年前の……わかって、だからありがとうって、俺」

意味をなさないそれを、じっと聞いてくれている弓彦に向けて、ああそんなことじゃないと必死に言葉を探して、結局こぼれていったそれらは文脈さえもまとまっていなかった。

「会いたくて」

「未来ちゃん？」

「ありがとうって、……ずっと」

いよいよ冷えた指は、感覚をなくしていた。ちゃんと弓彦を捕まえられているのかわからなくて、ただ闇雲に摑んだシャツを離さないまま、未来は言った。うるさいくらいの心音に耳が痛くなって、それでも続けようと思った未来を、弓彦は制した。

「待った。氷みたいになってる」

袖口を摑む手が触れたのだろう。ひどく冷たいと彼は顔を顰《しか》めて、慌ててごめんと離せば逆に、熱いくらいの手のひらに包まれた。

「いいや、乗って？　話、車の中で聞くよ」

ねえ、と笑いかけられ安堵しながらも、促すように背を向けて歩き出されれば怖くなった。話を制したのも、言わせまいとする態度なのだろうか。怖がって他人と関わってこなかった未来には、向けられる言葉をどう取っていいのかもわからなくなる。

「一体どんだけ立ってたのさ、かちこちじゃん。中、暖かいから」

手がかじかんで、助手席のドアを開けられない未来に、内側からそれは開かれた。

「乗ってもいい？」

「なに言ってるの、俺が乗れって――」

早く乗ってと差し伸べられた弓彦の手を取れなかったのは、拒絶はこのままドアの狭間《はざま》でなされるべきだと思ったからだろうか。

「弓彦のこと、好き……だけど、それでもいい？」

ぽろりと、わなないた吐息混じりの声はかすれて、動きを止めた弓彦に届かなかったのだろうかと未来は焦った。

「弓彦……？」

おずおずと、上目にうかがえば彼は、ぼんやりとしていた表情を慌てて引き締めるようにした。

「も、……も一回」

言ってくれる？　と、なんだか呆然としている弓彦に、一息に羞恥心と落胆《らくたん》が押し寄せた。

（はぐらかされた）

聞こえないふりをされたのなら、もう言えない、とかぶりを振った未来は、青ざめた顔を逸らして後ずさる。

「いい、ごめん」

「み、未来……ちゃん？」

ごめん、と呟きながら、冷え切って痛覚さえ鈍った身体の中、胸と鼻の奥だけが痛くて。

「ごめ……今のなしにし、……なんでもないから……っ」

「ちょ……待って！」

やばい、また泣けそうだと思って身を翻《ひるがえ》そうとした瞬間、痛いような力で腕を取られた。

「いたっ！」

「ごめ、いやちょっと待って、なしにしないで頼むからっ！」

もうとにかく乗って、と引きずりあげられ、目を丸くしているうちに弓彦の手でドアが閉められる。じんわりと、エンジンをかけたままの車の暖房が頬に当たり、冷えすぎた耳たぶが痛いと未来はまだ震える手のひらでそこを押さえた。

車内には、奇妙な緊迫感を孕《はら》んだ沈黙が満ちている。

弓彦は、ハンドルに突っ伏すようにしばらく無言のままでいた。未来ももうどうしていいのかわからずにいれば、ややあって顔を伏せたままの弓彦が口を開く。

「さっきのマジ？」

頷いて、しかしこれでは視線をあげない彼に伝わらないと未来は、彼に借りたマフラーに口元を埋めながら、うん、と呟いた。

「二年前……覚えてる？　……んだよ、ね？」

そうして、勇気を出して逆に問えば、ようやく弓彦は顔を上げて、困ったような笑みを浮かべる。

「うん。ってか、未来ちゃんこそ覚えてたんだ？」

あっさりと肯定され、未来は全身の力が抜けていきそうになる。

「なんでっ……なんでそれ、言ってくんなかったの」

そうすれば、勘違いをして樋口にこがれたことも、弓彦の仕掛けてくる行動をふざけていると思うこともなかったのにと、半ば憤《いきどお》って言いかければ、ちょっと待ってとさすがに顔を顰めて制された。

「だって……、誰だかわかんねえって顔したの、そっちじゃん？」

「え？」

なにが、と未来が目を瞠れば、なにがじゃないよと弓彦はさらに瞳を眇める。

「俺、結構ショックだったよ？　そりゃ、髪はこんなんなったけど、顔変わってるわけじゃないし、なのにさっぱり知りませんって顔されて」

「あっ」

少しだけふてくされたような顔で、だからあんなこと忘れちゃったんだと思ってたのにと言う弓彦に、未来はそうかと思う。

「コンタクト、落としたのは知らなかったんだ」

「は？　未来ちゃん、目ぇ悪いの？」

「うん……裸眼だと0・1ない……」

「はあ!?」

ちょっと待ってと弓彦も少し混乱したように長い髪をかきあげて、それじゃあと眉を寄せる。

「もしかして……あの時、俺の顔？」

「うん、……見えてなかった」

だからずっと、誰だろうと思っていたと未来が告げれば、弓彦は目を剝いた。

「うっそ……マジかよ!?」

うわー、とシートに身体を預けた弓彦は、がっくりと力を抜いて、呻くように言った。

「あああ、だったらちゃんと名のりゃよかったー……」

そうして、悔しげにがしがしと髪を掻きむしり、独り言のようにぶつぶつと呟きはじめる。

「そうか、そんじゃあ、がんがん押せば思い出してくれるかなーっとか思った俺は、出足で失敗してたのね……」

「あの、ごめ」

いや謝られるとこじゃあないよと、なんだか情けない顔で言った弓彦に笑えてしまって、未来はくすりと唇を綻ばせた。

「まあ……いっか。とりあえずここ動こう」

その表情に、脱力からとりあえず立ち直ったらしい弓彦は、いつまでも止まっていると顔見知りが出てきてうるさいからと車を走らせはじめる。

流れに乗った車の中で、対向車からのライトに照らされた横顔がどきりとするほどかっこいいと未来は思った。

「会社の人だと、思ってたんだ、ずっと」

「うん？」

じっと見つめながら、先ほどまで形にもならなかった言葉は、なめらかな走りに似てこぼれていく。

「ぼんやりしか、見えなくって……だから、あのブレザー、スーツだと思ってた」

まさかあんなところに高校生がいるなんて思わなかったしと付け加えれば、ああそれもそうだねと弓彦は苦笑した。

「ダメだね、俺も。自分セオリーで生きてるから……」

「ん？」

どういう意味だと目顔で問えば、弓彦は大きなため息をつく。

「あの会社の中にいるのって、俺すげえチビッちゃい頃からだからさ。そうだよな、普通ガキがあんなとこいねえよなって、そういうとこを失念してたわ」

言わなきゃわからなくて当たり前だよね、と少しばかり悔いた口調で言われ、ちくちくと胸が痛くなる。

「横恋慕、じゃない、から」

少し苦い表情を、やわらげたいと思って告げたそれは、自分の浅はかさも彼には知ってもらいたいと思う心からだったろうか。不意のそれに、しかし弓彦はすぐに思い当たったらしく、一瞬だけ目線を未来にくれる。

たったそれだけで、舞いあがりそうに嬉しくて、現金なのかも知れないと思いつつ未来はうまくない言葉をたぐる。

「だから、……俺が好きな人、その……面接の時の、ハンカチくれた人、だから」

弓彦は、その言葉には答えないまま静かに息を呑んだ。そして、信号を行きすぎようとして急ブレーキをかけるという行動で、動揺を露わにする。

「なにそれぇ？　未来ちゃんちょーっと待ってよそれは！」

ハンドルを握りしめたまま、驚愕に声を大きくされ、未来は必死に言いつくろった。

「だっ……だから、俺、それが樋口さんだと思ってて、だって香水が一緒なんだもんっ！」

それにあの背格好に当てはまる人も他にいなくてと、続けた言葉が言い訳でしかないことも、もう未来自身にもわかっていた。

「なんか俺、さらにショックなんですけど……」

空回っていたわけかしら、とさすがに愕然《がくぜん》となった弓彦に、間抜けでごめんと未来は顔を赤らめる。弓彦は弓彦で、さすがに思うところもあるらしく、疲れた声を出した。

「だってさあ……あん時の子、俺ずーっと好きで、でも大学受験でさすがに顔出せなくなってさあ、そんで会えたらなんて言おうかなーっとか勝手なビジョン作ってたら俺のこと覚えてねえわ、もう好きな人いるっての有名だわで」

「ごめ……」

「それでもめげずに、とりあえず強引にでもこっち向かせたれとか思ってたら……ああ」

それが俺でしたってなによそれ、と彼も混乱しはじめたらしく、ぶつぶつと言いながらも青に変わった信号に、車を発進させる。

「俺だって、困ったもん」

「んあ？」

むっすりした弓彦に、さすがに言われっぱなしも癪《しゃく》に障って、ふと自分がこんなに負けん気が強い性格になったのも、そっちのせいもあるのにと言いたくなった。

「だって会うなりいきなりちゅーされて、……そんなの、からかってるってしか思えない」

「ごめん、でもさあ……あれちょっとむかついたんだよ、覚えてないから」

ちぇ、と口を尖らせた弓彦に、そんなの知るかと未来は続ける。

「大体弓彦なんか、軽くて、すぐ触るし、本気なのか冗談なのかわかんないし」

おいおい謝ってるでしょう、と情けない顔になった弓彦に、未来はなおも続けた。

「しかも社長の息子で、背も高いし、顔もいいし、大学だっていいし、きっともてるし、かっこいいし……」

「未来ちゃん？」

褒《ほ》めてるようにしか聞こえませんけど、と眉間《みけん》の険《けわ》しさをほどいた弓彦の顔を見ないようにした。

「未来……」

「なんで俺のこと好きなのか、さっぱりわかんないし、……恥ずかしいのに、すぐちゅーするし……でも、いやじゃないから、困って」

未来の声が震えはじめ、弓彦は沈黙した。そして、車線を緩やかに逸れた車は路肩《ろかた》に止められる。

「だから、ずっと、だめだって……本気になっちゃ、いけないって思った」

その気になって、後で泣くのは怖かった。

そう考える時点で深みにはまっていたことにも気づかないまま、背を向ければ追いかけてくれるような気がしていた自分はただ、ずるいだけの臆病者だった。

「だってもう……すきだったから」

「未来ちゃ」

「二年前から、顔も知らないのにずっと」

言いかけて、骨が軋むほどに強く抱きしめられ、震えた腕の強さに安堵と、落ち着かない高揚を同時に味わった。

「すっげ嬉しい」

もっと言って、と頬をすり寄せられ、冷えていたそれがとっくに同じほどの温度になっていたことに気づかされる。

「あの、あの時、……ありがとうって、……忘れられなくて」

「うん、……俺も」

包み込むような、ファーレンハイト。弓彦の香りに、酔ってしまいそうだ。

「がっちがちに緊張して、俺よっかずっと子供みたいな顔して、でもいっしょけんめで」

「万世《ばんせ》のおじさんに惚れ込んできてる連中、いっぱい知ってるけど、あんなに必死な子、はじめて見て」

「弓彦」

泣いた顔、可愛かったと頬に口づけられ、かっと体温があがっていく。

「樋口さん好きな様子も、むかついたけど……でも俺、可愛いからもうなんでもいいやって。でも、いつかあんなふうに、俺のこと見てくれたらいいなあって」

だからすごく嬉しいよと、両頬を包まれて眩暈がしそうだった。

「うんとさ、やさしくするし、大事にするから」

俺の恋人になりませんかと、こんな時まできざなのにかっこいいから、降りてくる唇を目を閉じて待った。

「うんっ」

そっと触れただけなのに、いやらしいような喘《あえ》ぎが鼻に抜けて恥ずかしかった。少しだけ身じろぐとさらに強くなる腕の力が嬉しくて、結局はくたくたとその抱擁の中に落ちてしまう。

「続き、後でね」

軽く、何度も触れあっただけで離れた弓彦の唇は、そんな憎らしいことを呟いた。

「やべーわ。浮かれてるから、事故らないように祈ってて」

ふざけた口調で言いつつも、ほどかれていく腕の力を、離れる体温を惜しんでくれていることを、未来はもう疑うことはなかった。

＊　＊　＊

車の中で数回、それから降りて、マンションのエントランスから部屋の前に辿り着くまでに交わした口づけのせいで、未来の唇は赤く腫れぼったくなってしまった。

「な、んか……いた、い」

「ん、ごめん」

謝りながら玄関のドアを閉め、宥めるのもまた弓彦の唇だから困ったものだとは思うけれど、咎める仕草《しぐさ》といえば背中に回した腕で髪を引く程度のものでしかない。

「あふ……」

しつこいくらいにすりあわせた後、さすがに外では自重《じちょう》していたらしい舌先を押し込まれて、まだ応え方もよくわからないまま、吸ってと囁かれたから懸命にそうした。

「ん、んんっ……っふ」

未来のぎこちなさも弓彦にとってはただ嬉しいようで、もつれるように靴を脱ぎながら廊下の真ん中でまたキスをした。

「ごはん」

「ん、……どうしよか」

本当は食事のことなどお互い頭から吹っ飛んでいて、ひとつの単語を告げるにも三回は濡れた音が立つ有様だった。

「っん……ん、ん」

首筋を仰け反らせる角度で覆いかぶさってくる弓彦のそれに、ぴったりと吸い付いて懸命に応えた。口の中がもう濡れそぼってどろどろで、粘度の高い液体を掻き混ぜるように舌を使われればますます背中が反ってしまう。

「んくっ……」

大きな手のひらに支えられた後頭部がじんじんと疼いて、よろける脚を促され、もうだめだ、と重なりあってベッドに転がった。

「ゆみひ、……あ！」

スプリングのきいたそれに弾んだ未来の細い身体を押さえつけ、寒さの中でも汗が浮き、しっとりとした頬を軽く噛んだ弓彦の手がセーターをまくりあげる。

「あ、あ、あ、っ」

アンダーに着込んでいたのはカットソーで、やわらかい布地は未来の身体をぴたりと包んでいた。そのラインを確かめるように撫でられて、それだけでじんじんと身体は疼く。

「あう、やっ……！」

「いやじゃないしょ……？」

もう知ってるよと、体側をかすめて腰から撫であげてきた手のひらが、荒くなった呼吸に上下する胸をさすった。もうとうに尖っていたそこを特に念入りに触られて、泣きたいくらいに高ぶってしまう。

「や……んっ、あっ」

布越しのそれはくすぐったいような甘さをもたらして、未来の声音をとろりとさせる。施される手順はこの間のと似ているようで違う。なにより、ただなげやりにしていたあの日より数倍恥ずかしいし、較べものにならないくらいに感じてしまう。

「自分で、脱ぐっ……からっ」

触れられる回数をせめて減らさないと、なにもされないまま終わってしまいそうで、身を捩っても手足がこぼれ出ることもない広いベッドの上で未来はもがいた。

「え、なんで？」

半分笑って、でも瞳は危険なくらいの色を湛《たた》えた弓彦にのしかかられ、未来はあわあわと手足を振りながら叫んだ。

「いいから！　ゆ、弓彦も……ちゃんと脱げよっ！」

「へ？」

その言葉に虚をつかれたように目を瞠った青年の、追いつめてくる腕から逃れ、未来は身体を丸めて襟元をガードする。

「こないだみたいに、俺だけは、やだ」

「未来ちゃーん」

それでも足首を摑まれて、喉奥で笑いながら、這うように近づいてくる弓彦は、乱れた髪と相まってなんだか優雅な獣のように見えた。

「それ、どゆことかわかって言ってる……？」

「そんなの……ひゃっ」

淫蕩《いんとう》な色を載せた囁きに息を呑み、わかっているに決まってると、未来は熱に潤んだような瞳を自覚しながら、耳たぶを嚙まれる感触に肩を竦めた。

「じゃ、しよっか？　……していい？」

「うん」

小刻みに震え出す身体を抱いて、やっぱり脱がせるから、こっちを手伝ってと弓彦に唆された。電気だけは消してくれと頼み込んで、それじゃあとフットライトだけに切り替えられたけれども、ふわりとした灯りは却ってあやしげなムードを高めていく。

一枚剝ぐごとに意地悪をされて、またこちらが弓彦の脱衣を済ませるまではじっとしていてくれたけれど、その間中未来の身体を眺められてよけいいたたまれなかった。

「あんま……見ないでくれると……」

恥ずかしくないんだけどとぼそぼそと言えば、なにが恥ずかしいのと弓彦は問う。

フリースと中に着ているシャツを脱いで現れた弓彦の身体は、細身ながら必要な筋肉がきっかりとついていて、その緩やかなうねりはしなやかな流れを作って、未来には美しく眩《まぶ》しいもののように感じられた。

「だって……がりがりで」

彼に較べれば自分の子供っぽく貧弱な体軀《たいく》は、ただみっともない貧相なものに思えて身を縮めてしまう。そんなことないけどなあと胸元を眺められては血が上り、既に興奮を示しているあの部分が恥ずかしく、できるだけ身体を屈めて弓彦の目から自分を隠そうとした。

「自分で脱ごうか？」

そんなこんな、頭はのぼせるし手元は震えるから、弓彦のジーンズのボタンに手間取って、なかなか最後の脱衣がうまくいかない。

それでも、見かねた弓彦の言葉を首を振って拒み、真っ赤な顔で奮闘《ふんとう》した未来はどうにかその硬い布地を引き下ろした瞬間、頭を殴られたような気分にさせられた。

「こんな」

「なに……？」

口にしかけた言葉を、未来はわななく息と共に飲み込む。

喉がカラカラに渇いて、思わず嚥下《えんか》の動きを見せた自分の舌がひりついた。やさしい声でどうしたのと問われて、こんなの、と呟いた声はひどくあどけない発音になった。

「なんか……すご……」

こんなに近くで、他人の兆《きざ》した性器を見たのは、実のところはじめてではなかった。幼い頃に出くわした痴漢たちの中には未来にそれを見せつけて喜ぶ輩《やから》もいないではなかったからだ。

ただ、グロテスクで気持ち悪いという印象と、闇雲な恐怖が残っているだけで、はっきりと覚えているわけではない。

「あ」

ひそやかなため息を落とし、引き寄せられるままに身体が重なれば、生々しい体温が不思議にさえ感じられた。人肌の感触というのが、興奮と安堵を同時に運んできて未来を混乱させる。

（あったかい……）

けれど、弓彦のそれに、怖く感じることはまったくなかった。確かにショッキングなものは感じたが、それ以上にひどく卑猥な、急いた気分にさせられて、反射的に触れたくなった指の疼きが自分でもわからない。

「触ってくれる……？」

躊躇うように空を掻いたその手を取り、脈打っているものに触れさせられた瞬間、顔が歪んだ。泣き出しそうな表情は羞恥に染まり、それを嫌悪と取ったのか、弓彦は耳元で、いや？　と問いかけてくる。

「や……じゃない……」

「どうしたい？」

手の中で、少し湿って熱いそれがびくびくと震えるたびに、弓彦の呼気が少し乱れた。浅くまき散らされるそれを頬に感じて、しっとりとした感触に眩暈がするようだ。

「こんなんなっちゃってる俺、みっともない……？　格好悪いかな？」

笑い混じりのそれには、言葉もなくかぶりを振る。手のひらに吸い付くような感触がむしろ愛おしくさえ感じられて、苦しげに震えるから思わずそっとさすってしまいたくなる。

「ね、……だから、一緒だから」

「ゆみ……」

「恥ずかしいけど、……でも、イイから」

耳の下をそっと吸って、乱れてくれればただ嬉しいと弓彦は教えてくれる。吐息の混じったそれにぞくぞくと背中が震えて、先ほどからほったらかしにされていた胸の疼く部分を長い指がまたつまんだ。

「あっ」

左右同時にひねるようにされて、跳ねあがった腰が弓彦のそれとぶつかる。一緒に握って、とかすれた声で言われればもう抗うことも思いつかず、重ねあわせるようにしてふたり分の屹立《きつりつ》を両手に包んだ。

「あ、あう、……あんっ」

指で作った輪の中を、うねうねと滑りながら互いの熱いそれが絡まる光景は恐ろしく淫靡《いんび》だった。体感は、視覚以上に激しく未来を追いつめて、泣き濡れたような声がひっきりなしにこぼれてしまう。

「ん、いい……」

「はっ、……あ、や……んっ」

未来の拙い指だけでなく、弓彦は腰を蠢かしもするから、こちらが施す以上の刺激になり、とろりとした体液が溢《あふ》れればなおのこと、滑りのよくなったそれが奏でる水音さえも煽り立てた。

「ン——ッ」

同じような音が耳元でずっと聞こえて、弱みと知られた薄い皮膚を甘嚙みされているのだと知った。痛いほどの胸の先を弓彦の指がずっと押し揉んで、周りの肉に埋めるようにしてぐりぐりと動かされるとそれだけで達しそうになる。

「で……ちゃう」

意識が朦朧《もうろう》として、その指をまねるように未来も蕩けそうな性器の先を親指の腹でこね回し、疼きのひどい腰は勝手に揺れては弓彦の熱を欲しがった。

「ん……イイ、の？」

ひそめた弓彦の声も色づいてかすれ、吐息混じりに囁かれたそれにたがが外れた。

「い、いい……でちゃっ……出ちゃう」

ああ、とすすり泣くような声をあげながら、指のピッチが速くなっていった。吐息も切れ切れになり、がくがくと細い脚が痙攣《けいれん》じみた動きを見せると、弓彦の右手が膨れあがったそこに触れた。

「出しちゃえ」

「——ッ、あゥ、ん！」

軽く歯を立てて、唆すように耳を嚙まれた瞬間、激しく揺れた腰からなにか熱いかたまりが飛び出していく感じがあった。

「あ……っ、あー……！」

ひくひくと何度もそれは間欠的に訪れて、べっとりと濡れていく手のひらの感触に、これはなんだろうと未来は思う。

(知らない、こんなの……っ)

精通《せいつう》があってからの、とにかく放出させようと手早く済ませていた自慰《じい》では知らない、加減されない愛撫と他人の体温に包まれた放埒《ほうらつ》は、尋常でない高ぶりを未来に覚えさせた。

それはこの間の意地の悪い行為でも知ったことではあったけれど、気持ちが彼に向かって開いている分、官能はダイレクトに神経を揺さぶって、ささやかな触れあいだけでも未来をたまらなくさせる。

「気持ちよかった？」

「っふ……」

汚れのない手で髪を撫でられ、覗き込んでくる端整な顔立ちに、おさまりきらない呼気がまた激しくなる。ずきりと痛んだ胸の甘い高鳴りに正気付いてみれば、微かに力をなくして震える未来のそれに添うようになった弓彦のセックスは、まだ終わりを見せてはいなかった。

「あ、……あ、ごめ」

気づいた事実にかっと赤くなって手を放せば、なんで謝るのと汗に濡れた頰を啄まれる。

「あ、だって……勝手に」

「勝手って、未来ちゃん」

気持ちよかったらそれでいいんだよ、と苦笑する弓彦に、経験値の違いを感じて少し戸惑いながらも、濡れて汚れた手をどうすればいいのかもわからない未来はただ目を泳がせるしかできない。

「ん、まあそりゃ一緒に気持ちよくなる方がベストだけど、我慢しすぎるのもよくないでしょ」

未来の戸惑いに気づいた弓彦に、ねっとりした体液が絡んだ互いの両手を、ティッシュで手早く拭われて、その所作もさりげないからよけい情けなくなった。

「そ……いう、もん？　って、ちょっ……やめ！」

「ん？」

自分でできると手を引くのに、甲斐甲斐《かいがい》しく指の股まで丁寧に拭った弓彦はそのまま爪先に唇を落としてくる。

いくら拭ったと言ってもまだそこには匂いや残滓《ざんし》がこびりついているはずで、いやだと身を捩っても彼は未来の指を解放しなかった。

「や……きたない、弓彦」

「きたなかないってば。こないだもっと凄いこと、したでしょ？」

ちゅ、と音を立てて含まれ、味がすると言われて顔から火が噴いた。わなわなと震えるまま開いた瞳に惑乱と羞恥の涙が盛りあがってくると、弓彦は困ったように笑いつつ顔を顰める。

「あのさ、こんなくらいで泣かれると俺、困っちゃうんだけど」

「こん、こんなくら……って」

だってこれからもっと凄いことするんだよと、念を押すように告げられる。

「出ちゃったのだけじゃなくて、……出しちゃうとことかも舐めたいんだけど」

そして、さらに続いた言葉に未来は赤面し、必死になって首を振った。

「ひ……っ、い、いやだ絶対やだっ」

このベッドの上で施された手荒なまでの口淫は、心地よいと言うよりも恐ろしかった。あんなに激しく深い快感を、未来の未熟でもの慣れない身体は受け止めきれない。

「絶対って……」

まあそれもそうかと、青ざめた未来の激しい拒絶に思うところもあるらしい弓彦にため息をつかれ、自分で拒んでおいて未来はびくりとした。

「えっと。やめとく……？　ここで」

いやならしょうがないし、と眉根を寄せる弓彦は、重なっていた身体を引き剥がして長い腕で距離を取る。

「え、え……あの」

ひんやりとした空気が湿った肌に滑り込んで、体感だけの寒さではなく未来は肩を震わせた。

「無理矢理って好きじゃないし……ね？　今なら俺、我慢できるし」

縋るような表情で見あげた先の弓彦も、先日の一件で少し苦く思うところもあるのだろう。何度か未来の髪を梳《す》いた後、堪えるような長い吐息をして離れていこうとする。

「今度にしとこ？」

「あ」

待って、と言いかけた言葉は喉奥に痛みと一緒に絡んだ。

さんざんぐずって、さしもの寛大な弓彦も呆れたかもしれないと思えば引き留める言葉もなく、またやめてほしいわけではないと告げるには、未来の心は吹っ切れてはいなかった。

「ど、……どこ、いくの」

「んー…ちょっとね」

起きあがり、背を向けたまま脱衣した服を手に取る弓彦に問いかければ、振り返らないまま、苦い笑いを堪えたような返事が戻る。

(やだ)

視線さえももらえないことが、こんなにも怖くて自分でもどうしたのだろうと思うけれど、背中越しの声に火照っていた体温がざあっと音を立てて引いていく。

「かないでっ」

「え？」

身を起こし、弓彦が羽織ろうとしたシャツを反射的に摑んで、未来はかすれそうな小さな声で告げた。驚いたように振り返る弓彦に、必死になって未来は縋る。

「ごめ、……ごめん、怒らないで」

「え、ちょ……未来ちゃん?」

「も、もういやとか言わない、……から っ」

途中で放り出さないでほしいとその腕に抱きついて、振りほどかれたらどうしようと思った。

「ちゃんとする……なんでもするからっ……」

「未来……」

けれど弓彦はそのままもう一度、腕の中に包み込んでくれて、安堵のあまりまた泣きそうになる。この部屋に入って以来おさまらない情緒不安定は簡単に涙腺《るいせん》を緩ませて、みっともないから堪えようと思うのに、もうなにもかもコントロールが利かない。

「無理しなくても、いいよ?」

「してない」

自分でも、こんなヤツはさぞかし面倒だろうと思う。弓彦の前ではいつも拗《す》ねてぐずってばかりで、自分が彼の立場ならとっくに放り出している。

「無理なんか、してないから」

でも、未来なりにいつも必死ではあるのだ。好意に、その真剣さに気づかされてからはなお、止まらない気持ちに歯止めをかけるのが苦しいくらいに。

「して、弓彦」

これで、と平静を装う彼の中で唯一、誤魔化しきれない部分に触れて、痛みを堪えるように歪んだ唇に拙く口づける。へたくそなキスで、それでも懸命に引き結ばれたそこを舐めていると、きり、と歯を食いしばるような音が聞こえた。

「あー……っとに、もう！」

「あっ、……ん、んんん！」

呻くような声に失敗したかとびくりとすれば、強く腕を掴まれて引きずり倒され、今までで一番激しい口づけに飲み込まれた。

「ん、ふー……っく、んくっ」

犯される、という言葉が頭をよぎるほどの一方的で乱暴なそれに、怯《ひる》みながらも未来は逆らわなかった。痛いくらいに何度も吸われて舌の根が痺れて、呼吸ができなくなっても必死で背中に縋った。

「もうだめ、マジ限界、やらせて」

そして、耳元に落とされたはじめて聞くようなせっぱつまった声に、これが聞きたかったのしれないとぼんやり思う。

「んんっ……、ゆみっ……あっ」

弓彦はひどくやさしくて、だから却って、怖かったのだ。本気で欲しいと言いながら、そんなにあっさりと、引いてしまえるものなのかといつでも不安だった。

「れしい」

「なにがよ……もう俺、超カッコワル……」

場に不似合いな笑みを浮かべて、嬉しいときつくしがみつくと、情けない声で弓彦は吐息した。

「泣かせたりとか、やなんだよ……なのに結局」

いつもこうだしと、濡れた目尻を拭う手が少し、なにかを堪えるように震えて、その手のひらを先ほどの彼がしたように未来は啄んでみる。

そして、セーブの利かなくなった自分を恥じている、珍しくも年下らしい表情を見せた弓彦に、そっと照れながら、いつも思っていたことを告げた。

「かっこいい、よ？　弓彦、いつも」

「マジ？」

本当、と背中を抱いて、さらりと心地いい髪に鼻先を埋めると、弓彦の匂いが強く感じられる。ファーレンハイトと、汗の混じったそれに、どうしようもないくらい欲情した。

「うん、……全部かっこいい」

香りに、くらりと酔って、ひどく大胆な気分になれた未来の指が、苦しげな弓彦のそれに触れる。うわ、と腰を引くのを許さず追って、細い指を再び絡めた。

「ここも……ここ、見て、すごいどきどきした」

「っ、え、ちょっ……待っ」

いきなりの変貌に驚いている様子が、可愛いと思った。そんなふうに弓彦を見たのははじめてで、先ほどまでの恐慌状態はなんだったのだろうというほどに未来は穏やかな気持ちで笑みを浮かべる。

「っく」

「わ」

途端、驚いたように目を瞠った弓彦が、手の中で不意に膨れあがって、未来は驚いてしまう。

「あ、すご……」

「いやあの凄いってちょっとね……」

調子狂う、と赤くなった顔を背けて弓彦は唇を歪めた。そして何度か大きな息をついてやりすごした後、ふっと真顔になって覗き込んでくる。

「っとにも、いきなり可愛い顔して」

「か、かわいいって」

なにが、と恥ずかしくなれば竦めた首筋を甘く噛まれた。

「してくれんの？」

余裕のない、少し苦しげな声に、触れられてもいない未来の方が達してしまいそうになって、だからつい、口が滑ったのだろうか。

「手、……でいい？　……な、める？」

「――ッ、あ、もうっ！」

できるかどうかもわからないのに口走り、勘弁《かんべん》してよいっちゃうよ、と弓彦が泣き声をあげて、痛いくらい抱きしめてくるのが嬉しかった。


触れることに躊躇いがなくて、見つめるとドキドキするから、口にするのもさほど問題はなかろうとは思っていた、のだが。

「ふっ……ふっく、うんん」

舌で、舐める、という行為の中に官能が潜んでいることまで未来は知らなくて、吸い付いた弓彦のそれをとてもはじめてとは思えない熱心さであやし続けた。

「うあっ……も、やばっ……」

頭上から落ちてくる素直な声にもくらくらして、口の中で膨らみ続けるものがいっそ愛おしくなる。やり方などなにもわからないから、ただなんとなく、反応の鋭くなる部分を尖らせた舌で舐め回すだけしかできなかったが、それでも弓彦は気持ちいいと言ってくれた。

「ん、んぃ？」

「うー……すっげイイ……」

宥めるように背中を撫で、時々にはそのまま這った手が未来の小さな尻を揉む。未来が感じてたびたび中断するから、ずいぶんとそれは長く甘ったるい行為になった。

「くわえた、方がいい？」

「う……できれば」

弓彦にされたことを思い出し、両手で包んだそれの先端をちらりと舐めながら問えば、しばらく躊躇った後、欲求に負けたような声がした。そんな、情欲のかたまりのような声に胸がきゅうっと疼く。もう自分はどこかおかしいのかもしれないと未来は思う。

でも、おかしくもならなければこんな行為などできるわけもない。

人に見せられないような部分を見せあって、触ったり、こんなことまでしたりなんて、正気でできるわけがないのだ。

「んっ……ウッ」

「っ、んな無理して、深くしないでいいから」

喉奥につかえて、思わずえずけば慌てたように弓彦の手が引き剝がしにかかる。続けると言いたかったけれどもさすがに噎《む》せてしまって、背中をさすられていてはどうしようもなかった。

「ごめ、できなかっ……」

うう、と涙目になり咳き込みながら言うと、充分、と蕩けきった顔が微笑んでくれる。

「出しちゃいそうだった」

「んと？」

「ホント」

言葉通り嬉しげな弓彦は何度も未来の小さな唇を啄み、背筋を撫でていた大きな手のひらはそのまま、細い腰を包んでやわらかな肉に指を食《は》ませてきた。

「でもこっちがいい」

「っん」

中に入りたいよ、と薄い皮膚を触れあわせたまま囁かれ、緊張に強ばるそこを揉みほぐすようにされて、怖いと感じるよりもその手に溶かされた。

「痛かったらやめるから……」

ちょっとだけいい？　と、どこまでも気遣われてくすぐったく思いながら、最後に残っていた怯えも消えていく。大事に扱われてやさしくされて、そんな弓彦に触れてもらえる自分の身体が、誇らしいとさえも思えた。

だから思うより先に、身体をすり寄せるように抱きついて、やめなくてもいいと告げた。

「痛くても……いいよ？」

「まった、そゆこと言う」

ダメだって俺調子に乗るから、と言いながら、やんわりと俯せに倒されて腰をあげさせられた。

「とか言いつつもう、やめらんないかも……」

「ん……い、いから……」

逆らう気も毛頭なく、恥ずかしい部分を広げられただけで未来の身体は熱くなる。

「は……っ、や、ん」

両手の親指で、あわさった肉を広げられるのがわかった。場所を確かめるように何度も撫でられ、期待とも不安ともつかない感覚に心臓が苦しくなる。

「う……」

「痛い？」

「ううん……ん、ん」

周囲をやんわりと揉まれて、きゅっと緊張に収縮したところを指の腹で何度も撫でられる。ぬるぬるするものが肉の狭間を濡らして、滑りのよくなる指先がかすめているだけで、上げた腰はもじもじと揺れた。

「んあっ……ん、ん」

ほんの軽く潜《もぐ》り込んできたとき、自分のそこが既に緩みかけてきたのを未来は知る。綻ばされるのははじめてではなく、また会えなかった一ヶ月の間に自分で、軽く触れることもあった。

混乱して、怖かったけれど、あの強烈な愛撫が忘れられなくて。

忙しさにも紛れないほの暗い欲望を堪えるために、彼をまねて少しだけ、といじったことを知っているかのように、背中にのしかかった弓彦が揶揄の響きで囁いてくる。

「こないだより……やーらかくない？」

「やぁっ」

上擦った嬌声で語るに落ちた未来は、瞬間ひくりと竦んだそこで弓彦の指を誘い込んでしまった。

「触ったの？」

「してな……っ、もん……」

嘘、と笑った弓彦は動きをどんどん大胆にして、狭い場所を擦るようにその手を動かした。

「だって一ヶ月も経ったら、あれ一回きりじゃ忘れちゃうでしょ」

なのにほら、と長い指を付け根まで埋めて、重苦しいそこをもっと拡げさせられて、未来はがくがくになった膝を懸命に堪える。

「あー……んっ、あっんっ」

「した？」

ぬらりと生暖かい雫《しずく》がこぼれ、内腿を伝う。その感触にも震えあがれば、中にあるものを反射的に締め付け、こみあげた甘ったるいものが背筋を這いずった。

「っ、てないっ」

「強情張ってるとまた指だけにしちゃうよ」

意地悪く抜き取る動きでわざとゆっくり、未来の中を擦りあげられ、尾を引くような細い悲鳴を漏らした。腰が抜けそうになる刺激に、震える脚の間を思わず握りしめれば、自分でも驚くほどに硬く熱く、濡れている。

「あ、こら、なにしてんの」

「や……も、やっ、触る……っ」

もぞもぞと我慢しきれなくなって伸ばした手を後ろに取りあげられて、許してと涙目で振り向けば、紅潮した頬を咎めるように噛まれた。

「して、つったの未来ちゃんでしょ」

「うん」

じゃあ我慢して、とまた内部を拡げる作業に入った弓彦も、なにかを堪えるような険しい顔をしていた。それがこの行為への興奮を抑えるものだと知れれば、未来の身体にはもう力など入らない。

「う……すげ、なんかもう」

「やー……っあ、あんんっ」

増やされた指をあまりに容易《たやす》く飲み込む身体が恥ずかしくても、欲しいものを躊躇っている場合ではないと思う。口の中で苦しげに震えていたあれが、ここを埋めたがっているのは腿に当たる感触でも知れて、早く入れてあげたいと思う。

「も、い……から、……弓彦、いい、からっ」

それ以上に、とろとろになって身体の骨が溶けだしそうな頼りなさが怖くなった。骨っぽい指の感じだけでは既に物足りない自分を知って、いやらしくて恥ずかしいけれども止まらなかった。

「指、やだ……っ、また、いっちゃう……」

弓彦でいっぱいになりたい、とたどたどしく告げれば、平気かな、と呟いた彼がそのまま身体を重ねてくる。

「あ、ま、……待ってっ」

「なに……」

待って、と抗ってしがみつくと、余裕のない顔でなんだと問うてくる弓彦が愛しかった。

「顔……っ、見えるほ……が、いい……」

「でも、こっちのが楽だよ？」

それでも、とぐずってままならない身体を動かし、腕の中で仰向けになる未来に、知らないよ、と弓彦は苦笑した。

「ま、俺としては顔見える方がいいけどさ……」

「ばかっ……あ、……っ！」

身体をふたつに折られるような格好で、思い切り脚を広げられ、予想以上にこれは恥ずかしいかもしれないと思いつつ、ぎゅっと閉じた瞼の上に口づけられて力を抜く。

涙で霞みそうな目を懸命に凝《こ》らして、広い肩に縋った。これから自分の中に入ってくるもののの存在をしっかり確かめたいと思ってのことなのだけれど、しかしそれは浅はかだったようで。

「っん」

「ふぁ……っ、あっ」

目を眇めて、髪を乱れさせてゆっくりのしかかってくる弓彦の表情に、触感以上に乱れそうになって未来は慌てた。けれど目を閉じようにもその艶めいた表情を見逃すのが惜しくて、ただ呆然と弓彦を見つめてしまう。

そうしながら、熱くて硬いものはずるりと、あっけないほどなめらかに身体を進んできて、押し出されるように卑猥な声が漏れてしまった。

「あふ……あ、あぁっん、あああ！」

「ツ、あー……すげ、やーらか……」

うわこれたまんないわ、と歯を食いしばりながらも弓彦は腰を進めてきて、ひどく長いようなそれに、もたらされる愉悦《ゆえつ》にも未来は混乱する。

しつこいくらいされたせいなのか、それとも彼の揶揄したように自分で触れていたせいか、痛みなどは微塵《みじん》もない。

「あ……あああ……！」

ただ待ちこがれたように、とろりとほぐれた粘膜は弓彦の身体の一部を飲み込んで、未来の中をいっぱいにしていく。どこまでも浸食してきて、なにもかもを変えられてしまいそうだ。未来は声もなくこぼれた涙を拭われ、ぼんやりと飛んでいた視線を恋人の気遣わしげな表情にあわせた。

「大丈夫？」

そっとうかがわれた瞬間、顔がふにゃりと泣き顔になったのは、もう甘えでしかない。しゃくりあげそうになって首筋に縋れば、抱いてくれる腕があることをすっかり疑わない自分を、現金だとは思ったけれど、こうしたのは弓彦なのだからもういいと、奇妙な開き直りさえあった。

「だっ……じょぶじゃ、ない」

「え、痛い？」

焦ったように問われ、違う、と未来はかぶりを振った。

息もできないような気がする。熱くて、その熱で脆弱《ぜいじゃく》な粘膜など焼かれてしまいそうで、それ以上に。

「こんな、おっき……っ」

「え」

気持ちよくてたまらなくて、もうまともにものなど考えられるわけもなかった。

「いっぱいで、も……ひらいて」

身体が、その形が変わってしまいそうで怖い、と泣けば、弓彦はきつく瞳を眇めてその背を震わせた。その振動が伝わり、仰け反って細い声をあげれば苦笑混じりに囁かれる。

「未来ちゃんのえっち」

「い、や、……あんっ！」

なんで、と泣きながら見あげれば、獣めいた目つきで微笑む弓彦がいて、その淫靡な表情にぞくぞくと背筋が震えれば、きゅうっと彼を包んだ部分が蠢くのがわかった。

「あっ、や！」

「ちょ……未来ちゃ、……勘弁」

そんなにしたらすぐ終わっちゃうって、と焦ったようにわめかれても、勝手に収縮するそこが弓彦をしゃぶるように動くのが止まらない。

「だって、なん……なんか、勝手に動くよ」

泣きたいほどの自分の身体の淫猥《いんわい》さに戸惑って、しゃくりあげながら未来はどうしようと言った。

「か、勝手にったたって」

「びくびく、す……するっ、あ……っ」

落ち着いて、と言われても未来にもどうしようもなく、堪えようとすればするほどに腰まで跳ねた。

「や……っ、やだ、これ」

「やだって……あのね、自分で動いてるんじゃん」

「だ、……だって、ゆみひこ、が」

呆れたように言われて情けなくなりつつも、こんなの入れるからだろうと未来は恨みがましく思う。

「弓彦……が、はいって、……あっあっん！」

口にして自分の言葉に煽られれば、またしがみついた身体が揺れる。

「あ……くっそ、も、……っ」

「う……んーっ」

腹部を痙攣させながらぼろぼろと涙をこぼせば、舌打ちした弓彦はもう知るかとばかりに身体を揺らしてきた。

「あ、まだっ……まだ動いちゃ……ああ！」

「ごめ、も……ゆっくりしてらんないからっ」

「ひあっ！」

一息に突かれて、根本まで深く埋まったものが同じストロークで抜け出す瞬間、身体中の汗腺が開ききったようなすさまじいものが襲ってくる。

「あんっあ、んっ、……やだそ、……ああっ！」

身に馴染むのを待たずに弓彦が律動を送り込んでくるから、戸惑う未来にはもうなにがなんだかわからなくなってくる。

ひたひたと水位をあげていくように、弓彦がその身を押し込める深さが増すほどに、快感は未来の中を満たしていく。空気の中に甘ったるい湿度が混ざり、呼吸するだけでも舌が痺れた。

「やー……っ、そこっやっ」

「ここ……だよね？」

おまけに、どこが感じるかは身体の表面も内部の粘膜でももう、弓彦に知られてしまっていて、過《あやま》たず穿《うが》ってくる硬くやわらかいなめらかなものが、もっと欲しくなって困った。

「なにが困るの？」

「ふぇっ、ん、あっんっ……これ」

ぐずぐずと鼻を鳴らしながら考えていたことは口から漏れていたようで、問われればもう自制も吹っ飛んだ未来は、ばかみたいに素直に答えてしまう。

「もっと、欲し……っ、ヘン、なっちゃっ」

言った端《はし》からなにをばかなことをと思うのに、思い切り開かされて弓彦の腰を挟んだ細い脚は、中で締め付けるだけでは足りないというように膝を曲げてそのしなやかな身体にぴたりと添う。

「欲しいの?……いっぱい?」

「ん、いっぱい……っ、い、あっ」

弓彦が揺らすたび、腿の内側の薄い皮膚が擦られるだけでも感じて、知らず擦り付けるようにそれが動くのが止められない。

「ゆみ、弓彦、もっと……んん、んふっ……」

きて、と引き寄せて、緩んだ唇をどうにかしてと首を伸ばせば食らいつくように口づけられた。そのまま膝裏にかかった手のひらで脹《ふく》ら脛《はぎ》を撫でられながら、さらに奥へと挿入され、くぐもった悲鳴は絡みつく舌に吸い込まれていく。

「うー……っ、う、んん!」

押し潰すようにされた体勢で、弓彦の膝に乗りあがった小さな未来の尻はこねるように揉まれた。振動は繋がった内側へと伝わり、密着した体勢で何度も揺すぶられれば、高ぶった性器は弓彦の硬い腹筋に擦り付けられ、べっとりとその腹を濡らしてしまう。

「苦しい？」

さすがに圧迫感のある体勢に口づけを振りほどけば、荒れた吐息混じりに問われた。

「んっ、ふ……」

頷きながらも逃げもせず、もっとと身体をすり寄せる未来に、弓彦は嬉しそうに笑う。

「きもちいんだ？」

「う、ん……うん、……もち、い」

もっと、と朦朧としたまま腰が揺らめいて、内部の蠕動《ぜんどう》が弓彦を吸い込むような動きに変化する。

応えるように彼のそれも震えて、小刻みな振動を未来にくれる。

「ゆみ、弓彦、……ゆみ、ひこぉっ」

「なあに」

もう、頭の中も身体の中も弓彦でいっぱいで、溢れそうなこの熱く甘ったるいものをどうにかしないと、身体が弾けて粉々になってしまうのではないかと思う。

薄い胸を突きあげるような激しい鼓動が怖くて、ぎゅっと自分の手のひらでそこを押さえれば、気づいた弓彦が指の隙間から覗くその小さな粒をつついてくる。

「やっだ……っ、あっ、それやっ」

びくりと震えて、感覚の繋がった場所がきゅうっと窄《すぼ》まれば、さすがに痛いと弓彦は苦笑した。そのくせに指先の悪戯《いたずら》をやめないから、未来はつつかれては竦みあがり、緊張に疲れて弛緩して、今度はつままれて腰を捩る。

「ああっんっ！」

「敏感だなあ……」

「やう、あん、……遊ぶ、なっ」

抗議のために顔をあげれば、ゆらゆらと空に浮いた自分の脚が動くことでなにをされているのかまた意識してしまって、勝手に感じて身悶えてしまう。

「い、……きたい」

もうどうにかして、と肘をついて腰を動かせば、同時に呻いて長い息が漏れる。

普段よりも二、三度は温度を引きあげた血が足の先までの流れを早くしているせいか、皮膚の内側から身体中をくすぐられているような気分がする。

「バカになっちゃいそうだよね」

気持ちよすぎて、とぱくりと耳を噛んだ弓彦に、子供のように頷いてしがみつき、終わりを分かちあうための動きに没頭《ぼっとう》した。

漏れる喘ぎは、堪えようとしても無駄で、弓彦の動きが激しくなればなるほど、とんでもない言葉になっていく。

「っ、んなに、したら、へこんじゃっう、よ」

「俺のほう、が、負けそうだってば……」

感じて仕方ない部分を何度も立て続けにいじめられて、未来は声をあげて泣いた。頭の芯がぼうっと熱く、確かにこんなに感覚に溺《おぼ》れていては、バカにもなるかもしれないと思う。

「ああも……かわいい」

「っわいくな……っも、それ、や……んっ」

きつく抱きしめられ、湿った頬にかぶさる弓彦の髪がくすぐったかった。一房を舐めるように口に含めば、そのさりさりとする感触に口の中を愛撫された気分になる。

もうダメ、と泣いて腰を揺すって、身体の中の溢れそうな濡れた感触に身悶えた。

「濡れてる……ほら」

「いや、だ、だめ……あっ！」

弓彦の体液がそこを濡らしているのだと思うだけでもだめで、許して、と叫びながらも身体はもっととねだって捩れる。

「いっちゃ……いっちゃうっい、いっちゃう、よ」

「ん……っ」

荒れた息をまき散らし、嚙みつくように口づけを交《か》わし、終わりを目指した動きで揺すぶられながら必死に広い肩に縋った。

気持ちいいというよりももう、苦しくさえある情動《じょうどう》は炎のように身体の中を駆けめぐり、逃げたくて、でもやめられなくて、身体をぶつけあうようなそれに未来は溺れる。

「あ、も……っ」

「いく……？」

「い、いくっ、……い…から…！」

弓彦も、この身体の中でいって、と。

反り返った身体で訴えて、助けを求めるように伸ばした指先は、しっかりと弓彦の手に捕らえられ、砕け落ちる瞬間を共に濡れたまま、迎えたのだった。

＊　＊　＊

べとべとになった身体が気持ち悪いと訴えてみれば、抱きかかえられるようにして連れていかれたシャワールームは、思ったよりも普通の広さだった。ただ、パネル操作でジェットバスにもなる造りは、いかにもオカネモチの風呂という気がしたけれど。

考えてみれば前の時も今回も、事前に身体を清めることもできなかったなと、今更のように恥ずかしくなって、今度はきれいにしてからがいいと告げれば、別に汚かないってのにと弓彦は笑った。

「そんなに気になるなら、俺が洗ってあげようか？」

あげくにはにやにやとしながらそんなことを言うので、力の入らない身体の気力を振り絞って浴室から蹴り出した。

ごめんなさい、とドアを叩かれたが声が笑っていたので無視して、粘ついた肌にシャワーを浴びせる。なんだかひりひりと身体中が痛くて、さほど熱い湯でもないのにどうしてだろうと思った後、原因に気づいて未来は赤面した。

「あんなにするから」

指でさすられて擦られて、まるで噛むみたいに身体中舐められたせいだ。もちろん人に言えない場所も、ひりひりとした感覚がないわけもなく。

正気付いてしまえばいたたまれず、頭からシャワーを浴びながらうわあとかぎゃーとか叫びたくなってくる。

「っう」

あげく、深く息をついたときには脚の間からどろりと滴《したた》るものがあって、冗談めかしつつも洗おうかなどと言ってきた弓彦が、先ほど謝っていたなと思い出した。

（ごめん……出しちゃった）

気持ち悪くない？　と何度もしきりに問う彼に、まともに答えられなかったのは、その声だけで再びの抱擁をねだりそうな自分が怖くなったからだ。

だからできるだけ、疲れたふりを装って、シャワーを浴びたいと切り出した。際限のない情欲は、溺れそうな——というよりしっかり溺れてしまう自分を知るだけに、未来にはまだ恐ろしくもある。

ねだったらその分だけ与えようとする弓彦の性質も、もう知っているから、このままいけば本当にバカになってしまいそうだと思った。

できるだけなにも考えないようにして、さんざん蕩かされた場所を洗った。そうして、きれいごとじゃ済まないこうした関係を、自分でもちゃんと知っていようと未来は思った。

弓彦は実際、なにをやらせてもきれいにスマートにこなす。セックスにしても、初心者の未来は確かになにをすることもできないわけだし、上手下手はわからないながら、戸惑えばいつも手を引いて導いてくれていた。

そこは経験の違いもあるし、今更あの弓彦相手に年上の矜持《きょうじ》を振りかざしても虚しいことくらい誰よりも未来は知っているが、それとこれとは別の話だ。

「あっつ」

髪から滴った雫が目に染みて、擦りかけてやめる。あの時に踏み潰して以来、コンタクトは連続装用のソフトに変えたけれど、視力の悪さだけでなく、ものをきちんと見る努力を、自分はしていただろうかとふと未来は考える。

「視野狭窄《しやきょうさく》、ってゆうのかなあ」

睫毛にたまった雫を払い、髪をかきあげて仰ぎ見れば、疲れた身体に浴室の押さえ目の灯りさえもが眩《まばゆ》く感じられた。

首を上向ける違和感に、こんなふうにきちんと顔をあげて、周りを見ることもなかったように思う。だからきっとあんな間違いさえも、二年も正せないままでいたのだろう。

多分こちらから、ほんの少しの勇気を出して、あの時のことを覚えていますかと問えばすぐにわかったはずの答えだった。

「樋口さんにも、悪いことしたよな」

夢見がちな少女のように、都合のいい姿を見ただけの虚像を重ねられては、それは確かにあまり、心地いいものではないだろうし。

だからといって、あんなふうに投げかけられた侮蔑《ぶべつ》を許すこともないのだと、きっと蔵名あたりはケンケンと怒るだろうと想像したら、少しだけ笑えた。

適温の湯につかり、芯まで暖まった未来は、自分がずいぶんリラックスしていることを知る。

はじめてのセックスをした割には、なんだかのほほんと穏やかになってしまって、一体どういうことかと思うけれども、強烈なリアルを教え込まれたせいで、人との接触に対して怯えていたあれこれが、吹っ飛んでしまったのかもしれない。

電話の音が聞こえて、頃合いだと知らされた気分で風呂をあがると、脱衣かごには未来の分とおぼしき着替えが置いてあった。封を切っていない下着はコンビニのバーコードが付いたままで、買ってきてくれたのだろうかと思えばありがたいが恥ずかしい。

「気が利きすぎるっていうのもなー……」

先手先手を打たれて、このままじゃ幼稚園児か赤ん坊のように甘ったれるばかりになりそうだと、サイズのちょうどいい下着と、未来には少し大きなパジャマをまとう。

「お風呂、ありがと……」

濡れた髪の雫が気になるので、タオルを首に巻いたままリビングへ向かうと、キッチンカウンターの向こうで弓彦がフライパンを片手に電話していた。

(料理までするのか)

本当になんでもできるヤツだと、ほとほと感心しつつうかがっていれば気配で気づいたのか弓彦が振り返る。

「は？　ああ……うん、わかった親父に言っとくから」

待ってて、とジェスチャーで示されて、電話の邪魔にならないよう適当な場所に腰掛ける。

「で、だから用はなんなの、俺忙しいって……は？　うるせえ、んな愚痴《ぐち》は彼氏にでも言えよバカ」

ジーンズに綿シャツを羽織っただけの背中は広く、肩口に受話器を挟んだままでも料理をやっつける手つきは危なげなかった。

ダブルコンロの片方では大鍋が湯気をあげていて、ざっと見たところパスタでも作っているようだ。電話にぞんざいな生返事をする口調も砕けているから、友達というより家族だろうか。

「はーい、……はいわかったから。悪うございましたっつの。もう切るって、パスタ煮えっちまうだろ。……あん⁉」

うるせえてめえで作れよ、と毒づいて、ぶつりと電話は切られた。

「ごめんなー、姉貴からで……切るっつってんのに長えんだもん」

「んん？　よかったのに」

案の定の返事に、曖昧に笑った。上の兄ふたりから、未来はずっといないもののように扱われていたから、他愛もない内容で電話をするほど仲のいい姉弟が少し羨《うらや》ましいとは思う。

「千瀬さん、この間までイタリア出張だったんだよね？　確か、副社長と」

「ああ、うん。帰ってきたから土産《みやげ》取りにこいのってうるせーの」

ねえそこの皿取って、と言われ、ふたつ並んでいる大きめの皿を運んでいくと、弓彦はパスタをトングで上手に引きあげ、フライパンに移した。

「もう食いに行く時間でもないからさ、ありあわせでごめんね」

側に立つと、微かに普段より強くなった気のする彼の匂いがして、「こんな時間」までなにをしていたのかを瞬時に思い出させられ未来は赤くなる。

「う、……ううん、いいけど……ありあわせって」

　手元に集中した弓彦は気づかない様子で、冷蔵庫の野菜とホールトマトとツナ缶をぶち込んだだけ、と笑った。

「これ味付け殆どいらないんで、たまに作るんだ。高校ん時、やっぱひとり暮らししてる友達いてさ、そいつが教えてくれて」

「へえ……でも美味しそう」

「俺、外食多かったからねー、昔っから。贅沢《ぜいたく》ものって怒られて」

「その友達に？」

　ざくざくに切ったピーマンと椎茸にツナ、そこに缶詰のトマトが真っ赤に絡んで、食欲をそそる匂いに空腹を思い出させられる。

「そう。それにそういう態度が、女を家政婦としてしか見れない男を生むんだとかなんとか説教食らった」

「女の子？」

「いや男だったんだけどねえ。なんか母子家庭だったからかなあ、その辺うるさかった……よし完成！」

　できたよ、とざらりと手際よく盛られたパスタを未来が運ぶ間に、弓彦は冷蔵庫からビールを取り出した。

「居間の方に持ってって」

「うん」

何気なく使われているタンブラーや食器も結構な値段がしそうで、生活の水準が根本的に違うなあと思うけれども、その上に乗った豪快なパスタに、だからどうしたと言われている気がする。

「美味しい」

「でっしょ」

いただきます、と口に運ぶなり一言呟けば、自慢げな表情に可笑しくなった。

「なんか……弓彦って社長令息、っていうイメージまんまなのに、普通だね」

なにを考えるでもない言葉だったが、その一言に一瞬弓彦は目を丸くして、その後に苦笑した。

「俺は、俺なりに普通だよ」

一瞬だけ開いた間に、なにかまずいことを言ったのだろうかと未来は狼狽えたが、ビールで唇を湿らせた彼は飄々《ひょうひょう》と続ける。

「親が金持ちなのも、高校ん時からこんなでっかいマンションひとりで住んじまうのも、俺にとって『普通』なんだから、しょうがねえかなーってね」

「弓彦？」

妙な引け目を感じないこともないんだよと、さらりと言われて息がつまる。

「あのさ、未来ちゃんでもさ、俺が例えばシャチョーの息子でなかったら、逆に、もうちょっと素直に口説《くど》かれてくれたような気がしちゃうんだけど」

「え……？」

それは、と言いかけてしかし、否めない自分に気づいて未来は口を噤《つぐ》んだ。

「普通の……うーん、だから、肩書きのない、単なるバイトくんだったらさあ、あのアプローチって好き嫌いも大きく別れるところだから、もっと話シンプルだった気はすんだよね」

「そう……かも、しんない」

「でー、そういうのがさ、細々した人間関係においては、肩書きがレッテルになっちゃう場合もあるんだってのは、なんとなく、さ」

わかるでしょ、と笑う彼にちくんと胸が痛くなる。俯いた未来の生乾きの髪がいささか乱暴に掻き回された。

「でもさあ、俺が社長の息子じゃなかったら、未来ちゃんとはそもそも会えてないんだし、そこは結果オーライじゃない？」

「ん……」

あっさりと言ってのけることが、もう既に普通ではない気もする。弓彦の年齢に見合わないあの恬淡《てんたん》さは、そうした経験から培《つちか》われたものだろうか。

「さっき言ったダチってのは、妙に苦労人でさあ。俺ちょっとそういうのに……恥ずかしいけど憧れた時期があったのね。でも、バカにしてんのかって逆にどやしつけられた」

「なんて……」

「恵まれている人間は、恵まれているなりの環境を生かす義務がある、人のまねして苦労ごっこして悦にいるのは勝手だけど、むかつくから俺のいないとこでやってくれ、って」

それはまた手厳しい、と未来が苦笑すれば、きっついやつなのよと弓彦も笑った。

「悩むべきものがないっていう悩みなんざ、贅沢ものの発想だって言われてさ。あらまあ、って感じだったなあ」

淡々と言うけれど、それはそれで苦しかったときもあっただろう。思わず、先ほど未来がされたように彼の髪を撫でれば、とても嬉しそうに弓彦は笑った。

「ありがと。でも食っちゃおうこれ。冷めるとさすがにボロが出る」

腕が悪いから、冷めると食えないよと告げるけれど、そんなことはないのにと未来は思った。

弓彦が作っただけでも自分には充分、という恥ずかしい台詞は、さすがに胸の中だけに留めたが。

「あ。ひとつ聞きたいんだけど……」

「なに？」

実際に空腹だったので、食べ終えるまでには十分もかからなかったろうか。口直しのコーヒーでも飲むかと問われ頷きながら、未来はもうひとつだけ気にかかっていた件を問いかけた。

「面接で、俺のこと押してくれたのも、弓彦？」

「は？……あれ、知らなかったの？　それ」

頷けば、てっきり肯定《こうてい》すると思った弓彦は、しかし残念ながらそれは俺じゃありません、と答えた。そして続いた言葉に、未来は目を丸くする。

「うちの姉貴と、真砂さんだよ」

「え⁉」

ケトルを火にかけながらの答えに驚くと、だって俺部外者だもん、と当たり前のように弓彦は言う。

「一応、将来の勉強のためにって連れ出されたのは事実だけど。それに面接官やってたんなら、あの時未来ちゃん追っかけられるわけないじゃん」

「あ……そういえば」

未来がトイレに立てこもった時間、まだ残りの面接は続行していたはずだ。まともに考えればそれも気づいたことで、つくづく思いこみが先行する自分を未来は恥じる。

「う……かなり恥ずかしくなってきた……」

頭を抱えた未来を、まあまあ、と宥めて抱きしめる弓彦は、ちょうど唇に触れる位置のつむじに口づけてくる。

「なので、恋に目が眩《くら》んで採用されたわけじゃあないから、安心していいよん」

「ハイ」

喉奥で笑った弓彦には、もうなにもかも見透かされていていたたまれない。顔中が痛いほどに赤くなっていて、見ないでほしいと思うのに、頬を包まれて掬《すく》うように上を向かされてしまう。

「っとにさ……面白いなあ、未来ちゃん」

「うるさいなっ……どーせ単細胞で思いこみ激しいよっ」

「カワイーって言ってるのに」

くすくすと笑いながら鼻の頭を齧られて、ついでにと啄まれた唇は、先ほどのパスタの名《な》残《ごり》かトマトの味がする。

「でもまあ、あのふたりの意見に賛成したのはしたけどね、俺」

「？」

ぎゅう、と抱きしめ直され、おずおずとその背中に手を回しながらなにをと問うと、これは真面目な話、と弓彦が言った。

「親父の受け売りだけど。商売には夢がないとだめだ、って言うんだよね。ファッション業界なんて、見た目華やかだけど内実は結構こすっからいじゃん？」

「うん」

　でもだからこそ、働く人間がそこで夢を見られなくなったらおしまいだと、嘉島《かしま》社長は昔からことあるごとに、彼の子供たちに言って聞かせたのだそうだ。

「上に行けば行くほど、そういうきれいごとじゃ済まない部分も出てくる。だから、社長は汚れ仕事かもしれない。でも、客に近い場所にいる若い社員たちに希望とか憧れがなければ、どうやってそれをお客さんに信用させられるんだ、ってね」

「あ……それスピーチで聞いたことあるかも」

「でしょ。いい年こいて本気なんだ、あのオッサン」

　まあ、だからやってけてんじゃないのと、デザイナーの万世とカリスマ性を二分する父親を、弓彦は語った。

「俺が未来ちゃんの中に感じたのはそれだから。あの子なら、きっとウチの会社に憧れててくれると思うって、姉貴に言ったわけでした」

　違わないっしょ？　と覗き込まれて、未来は恥ずかしく思いながらも頷いた。

　あの場所で、働けることはやはり未来の誇りでもあり、それだけに頑張ろうと思っている部分もある。

　もっとドライに、したたかに生きられる同年代を時には羨ましいと思って、けれども自分のそういう夢見がちな部分を弓彦が認めてくれたなら、それでいいような気がしてくるから不思議だ。

「ありがと」

「ん？　なにが」

なんでもない、としがみつくと、弓彦がその高い鼻梁《びりょう》を髪に埋めてくる。呼気が暖かく触れ、くすぐったくて顔をあげれば、そのまま唇が重なった。

「週末……予定ある？」

「ない……」

頬へ滑り、いい匂い、と囁かれたのは耳元で、くらくらとしながら背中に縋れば崩れかけた脚の間に弓彦が入り込んでくる。

「じゃあさ……ここにいない？」

「っ……あ、いても……いい？」

忙しなくなってくる口づけの合間に、約束を交わせばそれは既に、もう一度寝室へ戻るための合図になる。

「あ……ん、や……そこ」

「ここ……？　いや？」

「んんっ」

防音のきいた広い部屋にふたりだけなのに、内緒の話でもするように声を落として囁きあうそれが、次第に水音の絡む喘ぎに取り紛れ、意味をなさなくなっていく。

「またしちゃうかも」

「いい、よ……？」

ケトルから響いた沸き上がりを知らせる笛のような鋭い音色さえ気づかないほど、交わしあう口づけにただ、溺れていた。

＊　＊　＊

樋口と千瀬の婚約話がまったくのガセネタで、それどころか千瀬は樋口のフルネームさえ覚えていないという一件が発覚したのは、歳末商戦がはじまる少し前で、未来と弓彦の蜜月がスタートした直後のことだった。

「どゆこと？」

「結局、あの社内報がひとり歩きした上に、調子づいたグッチが上乗せしてたらしいってさー」

らしいオチよね、と昼休みのお茶をすすった蔵名はつまらなそうに言い、未来の買ってきたプリンを口に運んだ。

「千瀬さん激怒だったらしいわよ。仕事で飛び歩いてる間にそんな噂立っちゃって」

「あいたた。……ねえ、ところで未来ちゃんはどうなん？」

「は？　あ、なにがですか？」

突然話を振られた未来は、午後から打ち合わせのある真砂に言いつけられた資料を作っていて、昼食も食べられないと慌てていた。この日は遅刻したせいで、本来なら間にあうはずのコピーが押せ押せになってしまったのだ。

「グッチに夢破れて、その後ラブ関係は？」

「今それどころじゃないですーっ」

ああ資料がコピーが揃《そろ》わない、と右往左往している状態で、揶揄の言葉は聞き流された。

「なんかつまんない」

膨れた七浜に、最近からかいがいなくなっちゃったもんねえと、蔵名も苦笑する。

樋口が会議直前に未来を激しく罵《ののし》ったくだりは既に社内で知らないものはなく、どころかその後の給湯室の一件までも噂になっていた。そのため、未来の樋口熱がすっかり冷めたこともまた有名だった。

なんでみんな知ってるんだろう、と首を傾げた未来だったが、弓彦はあっさりと「だってあの場所、結構人通り多いじゃん」と結論付けた。

「トイレもすぐ側にあるしね。誰かしら忙しなく動いてるんだから、あれだけぎゃあぎゃあやってたら丸聞こえでしょ」

おかげでめっきり女性社員からの人気もなくなり、千瀬の一件でもさすがに上役から「浮ついている」と注意を食らったらしく、近頃の樋口はかなり大人しくなったらしい。

「若は知ってたの？　千瀬さんの件」

「んにゃ？　なんか愚痴言いたげに電話かけてきたけど、料理中だから忙しくて切ったんだよな」

七浜に話を振られた弓彦がしれっと言うのに、未来は赤くなりそうな顔を堪えてコピーを揃える。

（あの日？）

（そう）

目線で問えば、美味しく戴きましたとなんだか満足そうに笑われ、思わず顔を顰めてしまうのは、視線だけでじわっと熱くなる身体を持て余し気味なせいだ。

弓彦に、今では数え切れないほど齧られた胸の先がそれだけで尖って、教えられたばかりの快感に弱い身体がすぐに砕けてしまいそうになる。

それなのに。

「あ、聞いたそれー。それでよけい千瀬さん怒って、夜中なのに真砂チーフに怒りまくって電話かけてきたとかって」

「あはは、悪いことしちゃったかなー」

(――ッ！)

さわやかに笑いながら、通りすがった未来の腰を弓彦が軽く叩いたりするから、手の中の書類はばさばさと音を立てて床に散らばってしまった。

「なにやってんの、未来ー」

「あ、あ、すいませんっ……」

もう、と呆れ顔の蔵名に謝りつつ、手伝うよと屈んだ弓彦の浮かべた意地の悪い笑いを睨み付ける。

「ごめん」

「ばかっ……」

ひっそりと告げられた言葉にも取りあわず、差し出された書類をひったくる。態度だけ見れば以前と大差もなく、どうあっても弓彦にだけは未来が怒らざるを得ない状況は変わっていない。

(あんなこと、あんなこと、するから……っ)

まだ週の半ばで、それでも離れがたくて彼のマンションまでついていってしまったのは、これは未来の自業自得だった。

しかし朝っぱらからいかがわしいことに及ばれるとはさすがに思いもつかず、さんざん泣かされたせいで喉も痛いのだ。

真っ白い朝の光が満ちる部屋の中で、思い切り脚を広げられてしげしげと見つめられ、いちいちいちいち状態を教えられて、同じように答えを返させられた。

(や……だ、見な……でっ)

(なんで……ここ、ほら、もうぐっしょりで)

慣れればいいのに、と笑いながら、どうしてほしいのかはっきり口にするまで視線と言葉だけでいじめられて、触られてもいないのに――いってしまった。

恥ずかしくて死にそうで、おかげでまた感じてしまったのが、よけいに情けない。

「まだ怒ってんだ?」

むっすりとしたまま部屋を出れば、そのまま弓彦は後ろをついてくる。

「ねーってば、許して、未来ちゃんってっ」

知るものか、と無視してどんどん歩幅を広げるのに、コンパスの差なのか相手はさほど早足といった風情でもないのに追いつかれてしまう。

「ちゃんづけ、するなっ」

恥ずかしいから追いかけてくるなと、もうなにに対して怒っているのかわからないままとりあえずつっけんどんに言えば、ふむ、と首を傾げた弓彦はこう言った。

「じゃあ……未来?」

「――ッ！」

呼び捨てにされて、反射的にぞくりとした自分がいやになる。その声はいわゆるベッドの上で出す類《たぐい》のもので、真っ昼間のオフィスで聞きたいものではない。

「あ、ちょ」

動揺につけ込むように腕を引っ張られ、曲がり角の死角で抱きしめられる。きりきりと痛いほど胸が疼いて、それが甘ったるく官能を呼びそうになるから離せともがいた。

「許してくれたら離す」

「許す……からっ」

離して、と目を白黒させながらこんなところでと未来が咎めれば、少し腕を緩めて、しかし拘束はほどかないまま弓彦はにっこりと笑った。

「んじゃ、今日もお泊まりして？」

「も、おまえっ」

調子に乗るな！　と思い切り足を踏みつけて、未来はその恐ろしく心地いい腕から抜け出した。

「ったー……痛いじゃん！」

「自業自得！」

足を押さえて呻いた弓彦を睨んだまま、知るものかと置き去りにする。

しかし、どうせすぐに追いかけてくるだろうと思ったのに、背後の気配は静まり返り、未来は少しやりすぎたか、とおずおずと振り返った。

「弓彦？」

しん、とした通路を引き返せば、先ほどの場所からまったく動かずに座り込む弓彦がいる。そんなに強く踏んだだろうかと、にわかに不安になってしゃがみ込めば、膝を抱えた弓彦は返事もしない。

「あの……そんなに、痛くした？」

答えはなく、ひきつった呼気だけが聞こえた。彼が呻いた気がしてひどく焦る。

「ご……ごめん、でもあの」

顔もあげてくれないほど怒らせたのかと思えば狼狽えて、おろおろとその肩をさすれば、ひくり、とそれが震えて。

「心配した？」

嘘泣き、とにんまりと笑われ、瞬時に未来は頭に血が上る。

「ゆ――ッ」

「うわ待って蹴らないでごめんなさい！」

反射的にあがった細い脚に、本日朝から通算三回目の蹴りを入れられそうになった弓彦は飛んで逃げる。

「もう、未来ちゃん凶暴！」

「誰がしたんだこんな俺にっ」

暴力的な人間でも、頭に血が上りやすい性格でもなかったのに、言って抗っても聞いてくれないから、すっかり手が出て足が出るようになってしまったのではないか。

どちらかというまでもなくペシミストで、大人しいだけの性格をこれだけ変えたくせに、今更文句を言うんじゃないと未来は書類を振りあげる。

「あ、それ、届けるんじゃなかったっけ？」

「そうだよ！」

しかし、指摘された言葉にはっとなれば、遊んでいる場合じゃないとそのまま弓彦に背を向けた。

「走って転ぶなよ」

「よけいなお世話だよっ」

どこまで子供扱いをするかと歯を剥いて、今度こそ知るかと走り出す。

背中に聞こえる弓彦の笑い声は、腹は立つけど心地よかった。

「遅くなりましたっ」

「いいから、書類！」

「はいっ」

案の定真砂に睨まれて、弓彦のバカと口の中で呟いた次の瞬間には、目の前でめまぐるしく動いていく仕事に思考は占められる。

夢の中のような憧れの姿は、踏み出してその姿を知れば驚くほど現実的で、へこむことも多いけれど、指をくわえて見ていただけの自分よりは、今の慌てふためく姿の方が好きだと未来は感じた。

お茶を淹れてきた麻野と目があって、怒られたな、と笑われながら苦笑で返した瞬間、鼻先に感じたものは。

未来を抱きしめ続けた青年の、移り香だった。

あとがき

　またもや大変なつかしい本を文庫にしていただきました。

『夢をみてるみたいに』は二〇〇一年刊行のノベルズで、まだまだ色々手探り状態で書いていたころの作品でもあります。

　出していただいたレーベルが、エロティックさがテーマのものだったのと、攻めはお金持ちを書いてくださいと言われてのものだったんですが、どうも当時のわたしはその辺をうまく心得られておらず。

　お金持ちのおぼっちゃん（ただしバイト学生）という微妙にテーマに沿ってるんだか、ないんだか、という設定にしたうえ、ベッドシーン増やせといわれてもくっついてないしなあ、と悩んだあげく、苦肉の策で受けのひとりエッチシーンならなんとかなるか……とやってみたりと、果てしなくズレた代物だったなあ、とゲラをやりながら遠い目になりました。

　遠い目といえば、なにしろおよそ十年はまえの作品であるため、作中の時代ズレ感もかなりありまして。

　修正が効かない部分はもう、思いきってばっさりと削りましたが、途中で主役の未来が、会社でレポートを書けと言われたシーンがあるのですが、ここが元の原稿では、「最近、企業系のＷＥＢも流行ってきているけれど、うまい運営方法が思いつかず云々」という説明が入っておりまして、コンテンツについての企画を出せ、というものだったのです。

一億総ブロードバンド時代、企業サイトはあたりまえ、という現在においてはありえないのでは……という校正さんのツッコミに「だよなあ」としみじみしました。その他もちらりほらりと、携帯電話の存在感のなさとか、いろいろと微妙な部分も多々ありますが、そこいじりはじめると展開も変わっちゃうし……と悩み、もういっそ「当時の事実です」と残す手も考えたのですが、一応、直せるだけやろうと思い、最低限の修正をさせていただきました。

こうした文庫化作品をやるたび、この十年の世相の変わりようというのを痛感します。文化的な面ではさほど大きく変わった気はしないんですが、ネットと携帯というふたつについては、本当にすごい違いがあり、それによって人間関係の構築や、その距離感、時間的な流れの速さというのが、まったくあのころとは変わったんですよね。

ことに恋愛ものを書く身においては、その違いが作品にも反映しているのを感じざるを得ません。たとえば携帯があるおかげで「待ちあわせを失敗してのすれ違い」や「連絡がつかない」というイベントがものすごくやりにくくなり（笑）、恋愛関係にあるふたりのコミュニケーションにおいても、携帯メールというアイテムが欠かせないものになってきています。

それでも、不器用にすっころびつつ、あんまりかっこよくない自分にもがきつつ、なんとか幸せになるひとたちを書くという点においては、あんまり変わっていないのかもしれないな、とも感じます。

そんなこんなのなつかしい作品を彩ってくださいました、せら先生。前回『ハピネス』も文庫化でしたが、今回も本当にお世話になりました。作中描写をそのままにすると、いわゆるロン毛ヘアになり、時代感が……というご意見により、ビジュアル的にはとってもいまどきイケメンの弓彦になり、大感謝です！　しかも、わざわざ違うロン毛バージョンも追加で見せていただきまして、あれは個人的お宝としてひっそり大事にします。

それと、ラフをくださったときに、主役ふたりのイラストを（カットとは別に！）いただいたので、勿体ないから巻末掲載を！　と担当さんにお願いしました。もろもろ含めまして、本当にありがとうございました！　イラストもカラーも本当に素敵でした！

毎度の担当さま、今回もお世話になりました。ひさしぶりに薄い背表紙だ……と仰ったのがウケました（笑）。すでに来年の進行も目白押しですが、よろしくお願いいたします。

本作品が、崎谷の二〇一〇年のラスト刊行物となります。

また来年も、皆様におつきあいいただけますよう、よろしくお願いいたします。

楽しく
描かせて
頂きました♡
せら。

✦初出　夢をみてるみたいに…………ショコラノベルスハイパー
「夢をみてるみたいに」（2001年10月）

崎谷はるひ先生、せら先生へのお便り、本作品に関するご意見、ご感想などは
〒151-0051 東京都渋谷区千駄ヶ谷 4-9-7
幻冬舎コミックス　ルチル文庫「夢をみてるみたいに」係まで。

幻冬舎ルチル文庫

夢をみてるみたいに

2010年12月20日　第1刷発行

✦著者　崎谷はるひ　さきや はるひ

✦発行人　伊藤嘉彦

✦発行元　株式会社 幻冬舎コミックス
〒151-0051 東京都渋谷区千駄ヶ谷 4-9-7
電話 03(5411)6432［編集］

✦発売元　株式会社 幻冬舎
〒151-0051 東京都渋谷区千駄ヶ谷 4-9-7
電話 03(5411)6222［営業］
振替 00120-8-767643

✦印刷・製本所　中央精版印刷株式会社

✦検印廃止

ISBN978-4-344-82118-7　C0193　Printed in Japan